図書館版

NHK

100分de名著

読書の学校

シンデレラ

中野京子

特別授業

図書館版 NHK 100分de名著 読書の学校

中野京子 Nakano Kyōko 特別授業

『シンデレラ』もくじ

はじめに──『シンデレラ』は幼い少女の夢か

世界一有名なヒロイン、シンデレラ。一昔前《ひとむかし》の日本の絵本には「シンデレラ姫《ひめ》」というタイトルが付いていましたが、彼女《かのじょ》はお姫様《ひめさま》ではなかったし、シンデレラという個人名でもありません。

じつは、昔話（童話、おとぎ話、メルヒェン）の登場人物に特定の名前が付けられることはめったにありません（ヘンゼルとグレーテルなどは例外的）。それは「耳で聴《き》く」という口承《こうしょう》のスタイルに適《かな》ったものです。いつとは知れず、どことも知れず、誰《だれ》とも知れない主人公は、あなたや私でもあるからです。物語に耳をすます子どもたちは、あるいは文字の読めない大人も含《ふく》めて、ヒーローやヒロインに自分自身を容易に重ねたことでしょう。

シンデレラ（Cinderella）とは、「灰（cinder）」に縮小語尾《ごび》「-lla」を付けたもので、「灰にまみれた小さな女の子」「灰っ子」といった意味あいです。台所のかまど（炉《ろ》）のそばで働く者は、かつては家の中で最下層の労働者と見なされていましたから、侮蔑《ぶべつ》的なあだ名だったわけです。ペロー作品のフランス語「サンドリヨン」（Cendrillon）も、グリム作品のドイツ語「灰かぶり」

（Aschenputtel＝アッシェンプッテル）も全く同じです。

シンデレラの類話《るいわ》は、驚《おどろ》くなかれ、世界中で五百以上と言われ、現存する最古の文献《ぶんけん》は九世紀の中国です。文字にまとめられる以前から語られていたのは間違《まちが》いないので、シンデレラ物語はおそらく千年を超《こ》える歴史を持つと思われます。もし発生場所も中国だとしたら、シンデレラは纏足《てんそく》だった可能性が高いでしょう。なぜなら彼女《かのじょ》の足は誰《だれ》よりも小さく、彼女《かのじょ》の靴《くつ》は誰《だれ》にも履《は》けなかったからです。そして纏足《てんそく》のシンデレラは、もともとは働く必要のない階級、つまり姉たちより上の階級に属していたことを示しています（これに関しては第2講で説明します）。

シンデレラには、いくつかキーとなる要素があります。それは「継子《ままこ》いじめ」「魔法《まほう》による変身」「履《は》き物で本人確認」「シンデレラの地位は始め高く、次いでどん底に落ち、最終的には以前よりずっと高くなる」。そこへ時代や文化、土地柄《とちがら》などの特徴《とくちょう》が加わってゆきました。

現代人にとってのシンデレラは、何といってもディズニーのシンデレラでしょう。ペローやグリムの名前は知らなくとも、ディズニーを知らない人はいない。ディズニーランドやディズニー製作のアニメ映画、そこから派生したテレビ番組や絵本の氾濫《はんらん》により、誰《だれ》の記憶《きおく》にもいつの間にか、ディズニー的シンデレラの姿が忍《しの》び込《こ》んでいるはずです。

シンデレラの物語は、幼い少女の夢そのものと考えられてきました。主人公が同性だと共感しやすいからです。

主観的にしか物事を見られない未熟な子供にとって、周りの世界は敵意に満ちています。自分だけがいじめられ、虐《しいた》げられているように感じられるのです。しかもそんなひどい目にあうのは自分が優《すぐ》れているからなので、いつか逆転劇が起こり、悪い母親や意地悪な姉たちが死ぬほどうらやむことになる……そんな夢。

でも少女の夢がまともに相手にされることはない。少女の存在自体が軽んじられている社会で、その夢はさらに軽んじられてしまう。夢みる少女は微笑《ほほえ》ましく、その夢も微笑《ほほえ》ましいけれど、ただそれだけで、何の意味もない。だからこそ少女はいっそう夢をみる必要があるのです。間違《まちが》いなくその夢は、本人の感じている辛《つら》い現実に対抗《たいこう》する力がある。夢によって乗り切るのです。夢をみられない少女は、現実に圧《お》し潰《つぶ》されてしまうかもしれません。

かつて大ベストセラーになったコレット・ダウリング著『シンデレラ・コンプレックス』

（一九八一年刊行）によれば、シンデレラの夢は、「行動も精神も抑圧《よくあつ》されたまま、ひたすら白馬《はくば》の王子を待ち続けること」と定義されていました。それは女性が受けてきた教育によるので、自立し、解放されねばならないというのです。

確かに、「耐《た》えて待つ」という傾向《けいこう》は女性に多いかもしれません。家に閉じ込《こ》められていた時代にはなおさらです。しかし厳しい現実に耐《た》えているのは、何も女性に限りません。現状がどうあれ、人は奇蹟《きせき》を望むもの。奇蹟《きせき》が起こってほしい、魔法《まほう》によって蛹《さなぎ》から蝶《ちょう》へとドラマティックに変身し、今の境遇《きょうぐう》を抜《ぬ》け出し、世に認められ、愛を得たい――そうした望みに男女の別があるでしょうか。時代が変わろうと、風土《ふうど》が違《ちが》おうと、そんな夢を一度もみたことはないと言い切れる人間がどれだけいるか。シンデレラに何の興味もないという男性でさえ、話の大筋を知っているのはなぜでしょう。この物語の中に、彼《かれ》らの無意識に強く訴《うった》えるものがあるからです。他愛《たあい》ない少女の夢にすぎないのなら、何世紀も連綿《れんめん》と語り継《つ》がれるものでしょうか。

シンデレラの核《かく》の部分には、男女差はないのです。この物語が少女向けとされるのは、むしろさまざまなディテール――台所仕事、きらびやかな衣装、舞踏会《ぶとうかい》で王子様とダンス、小さな足など――によるものです。女性の領分たるこうしたディテールに目を眩《くら》まされ、男性は自分たちに関わりないと思ってしまう。そしてそれが自分の夢でもあることを意識から遠ざけてしまう。そのほうが確かに気は楽になります。努力せず奇蹟《きせき》を待つのは男性に許される夢ではない。棚《たな》から牡丹餅《ぼたもち》の愚《おろ》かな夢は決して大人の男のものであってはならない。それは幼い少女の限定品だ、と。

シンデレラが今なおどこか軽《かろ》んじられるのは、そんなわけです。いきなり大仕事に抜擢《ばってき》された新人や、有名人と結婚《けっこん》した若い女性は「まるでシンデレラみたい」と言われます。実力もないのに運の良さで得をした、という意味合いが隠《かく》されています。「シンデレラ・ボーイ」という呼び方にいたっては、二重に侮蔑《ぶべつてき》的です。男として、みてはならぬ夢をみ、それがたまたま実現してしまった、本当の才能もないのに、というような。

これに呼応《こおう》してダウリングを始めとする自立を目指す女性たちも、シンデレラを批難《ひなん》します。シンデレラのみる夢は、心理的依存《いぞん》の夢だから克服《こくふく》しなければならない。そんな夢にしがみついていると、男性に隷属《れいぞく》することになり、永遠に自己実現はできない、と。

しかしほんとうにシンデレラは、何も努力せず待つだけのつまらない存在、否定すべき存在なのでしょうか。もしそうなら、なぜこれほど愛され続けているのでしょう。それとも努力しないで出世したという、まさにそのことこそが、無力な人間の癒《いや》しとなり、世界中で愛され続けている真の理由なのでしょうか。

本書は筑波大学附属《ふぞく》中学校の有志の生徒を対象とした、特別授業をもとに書きおろしたものです。第4講には授業を受けての生徒たちの感想なども載《の》せました。また、著名《ちょめい》な挿絵《さしえ》画家による主要作品には、引き出し線をつけて解説を施《ほどこ》しています。絵を通して物語がどう変わって見えるかも考えていただけたらと思います。

知っているようで知らないシンデレラの森へ、皆《みな》さんといっしょに分け入ってゆくことにいたしましょう。

中野京子

第1講

誰《だれ》もが知っている物語

——ペロー&ディズニー版「シンデレラ」

太陽王の時代

昔話に登場する数多《あまた》のヒロインのうち、とりわけシンデレラが愛されるのは、シャルル・ペロー*の「サンドリヨン、または小さなガラスの靴《くつ》」（『ペロー童話集*』）のおかげでしょう。「はじめに」で触《ふ》れたように、「サンドリヨン」とは「シンデレラ」のフランス語です。このペロー作品が、ディズニー・アニメ『シンデレラ』（一九五〇年公開）の原案なのです。

ペローは十七世紀後半に活躍《かつやく》した、フランス・ブルボン王朝の宮廷《きゅうてい》詩人でした。今に例《たと》えるなら高級官僚《かんりょう》といった役割です。絶対王政*を代表するルイ十四世に仕《つか》え、「古代ローマ帝国《ていこく》より自分たちの文化のほうが優れている」という持論を展開したことでも知られています。フランスは古代ローマ人からガリアと呼ばれて野蛮《やばん》な地域と見做《みな》され、属州とされた歴史を持ちます。それが今やヨーロッパの覇者《はしゃ》として、こう堂々と主張できるまでになっていたわけです。

ルイ十四世は「太陽王」「王の中の王」と呼ばれ、豪華絢爛《ごうかけんらん》なヴェルサイユ宮殿（現

***シャルル・ペロー**

一六二八〜一七〇三。フランスの詩人、童話作家、批評家。高等法院の裁判官の息子に生まれ、法律を学んで官職につき、政治家コルベールの協力者として活躍《かつやく》。文筆家としても名をなした。

***『ペロー童話集』**

一六九七年刊。正確な表題は『すぎた昔の物語、ならびに教訓』。「眠《ねむ》れる森の美女」「赤ずきんちゃん」「青ひげ」「ねこ先生または長靴《ながぐつ》をはいた猫《ねこ》」「仙女《せんにょ》たち」「サンドリヨン、または小さなガラスの靴《くつ》」「巻き毛のリケ」「親指小僧《こぞう》」の八篇からなる。

在は世界遺産）を建造したことでも有名です。強烈《きょうれつ》なカリスマ性を備えたこの王は自らを神格化する術《すべ》を熟知しており、ヴェルサイユをいわば太陽神とそれに仕える選ばれし者だけが住むことのできる聖地へと変えました。そこでは下位の者から上位の者に話しかけてはならないなど、厳格な「エチケット*（宮廷《きゅうてい》作法）」が定められ、王族の正餐《せいさん》や就寝前《しゅうしんまえ》の着替《きが》えなども式次第として一般庶民《いっぱんしょみん》の見物に供《きょう》されました。

フランス様式、フランス・ファッション、フランス語がヨーロッパ中を席巻《せっけん》するようになったのは、ひとえにルイ十四世の力に拠《よ》ると言っても過言ではありません。近《きん》隣《りん》の王たちもこぞって太陽王を模倣《もほう》するようになりました。ペローの「古代ローマ、何するものぞ」の主張がルイ十四世への阿諛追従《あゆついしょう》だったとの批判も、あながち的外《まとはず》れではないでしょう。

宮廷《きゅうてい》詩人の翻案《ほんあん》

自国に対する誇《ほこ》りは、やがて自国民の間で脈々と語り伝えられてきた昔話へも向か

＊絶対王政
強大な権力を持った王が中央集権化を図り、国家を統一して治めた政治形態。フランスのルイ十四世の「朕《ちん》は国家なり」という言葉に象徴《しょうちょう》されるように、王権が絶大であった時代。

＊エチケット
古フランス語 estiquier に語源をもつ étiqueter「貼《は》り付ける」の名詞形で、貼り付ける札（＝荷札）の意味を含《ふく》む。つまり相手の身分や階級などによって、使う言葉や言いまわしを変える必要性があることから、宮廷《きゅうてい》での礼儀《れいぎ》作法を指すようになったという説がある。フランスにエチケットが定着したのは十五世紀頃《ころ》で、宮廷人《きゅうていじん》の地位と名誉《めいよ》を内外に示すためであったとされる。

王朝最盛期のカリスマ

ルイ十四世

(1701年、ルーヴル美術館蔵)

イアサント・リゴー
Hyacinthe Rigaud

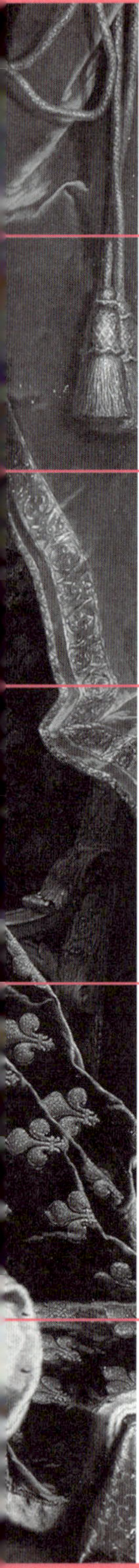

前代から使用され始めたカツラは、この時代に必須《ひっす》アイテムとなる。王は特にこの黒く長い巻き毛スタイルがお気に入り

首には最高級レースのクラヴァット（ネクタイの先祖）

女性より男性のほうがファッションは派手だった。袖口《そでぐち》の丸い鬘飾《ひだかざ》りは男女とも同じ

「朕《ちん》は国家なり」と豪語《ごうご》した太陽王のプロパガンダ用肖像《しょうぞう》画《が》。青地に金糸で百合（ブルボン家紋章《もんしょう》）を刺繍《ししゅう》したマントは、裏地が最高級アーミン（白テン）の毛皮

王立マニファクチャー製の絹の靴下《くつした》をはき、ハイヒールには赤いリボンも付けている。十九世紀まで男性はこのように脚線美《きゃくせんび》を誇《ほこ》った

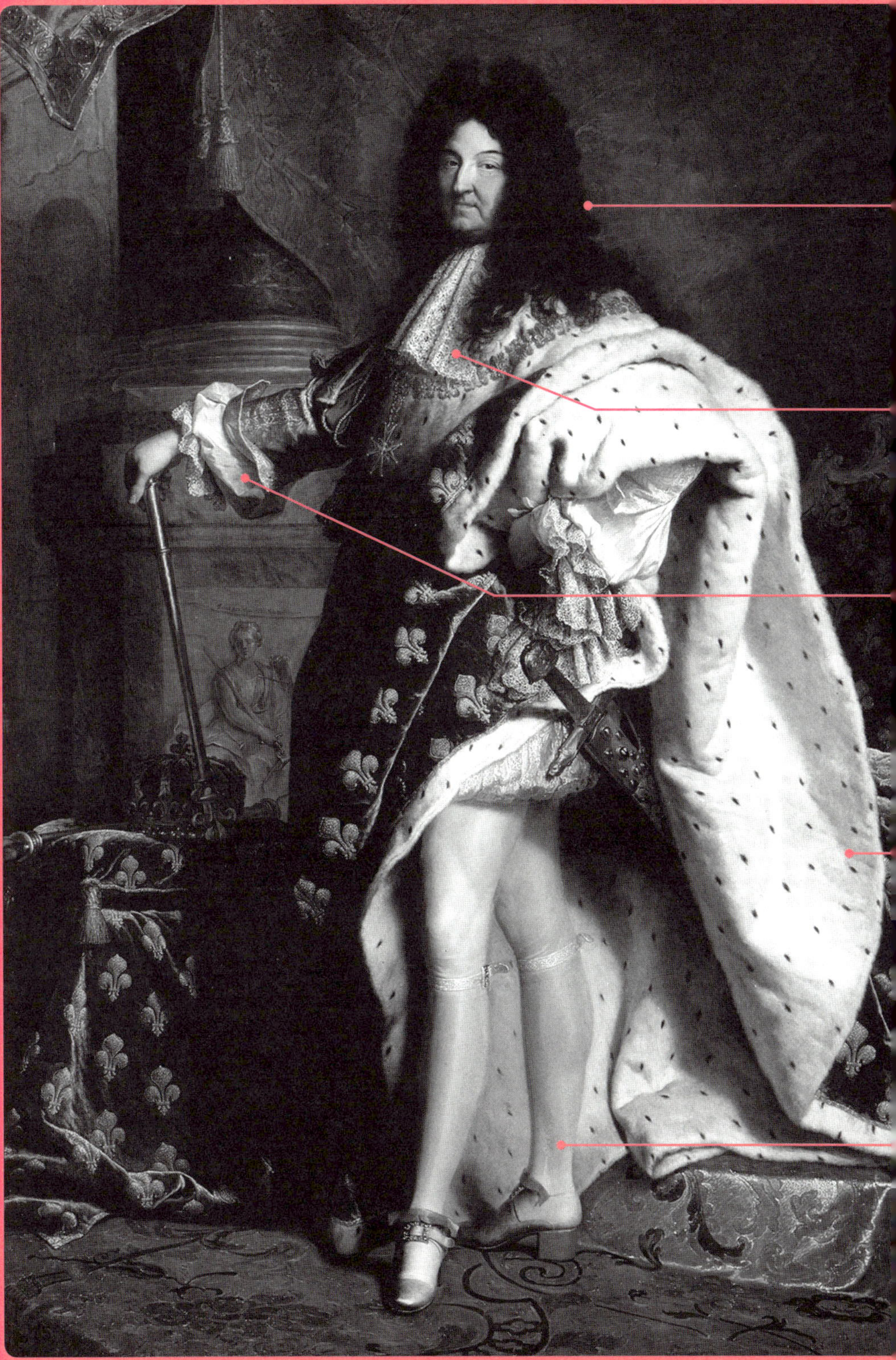

い、太陽王の宮廷《きゅうてい》で人気を博します。ペローも乳母《うば》から古い話を収集して童話集を編《あ》みました。「赤ずきんちゃん」*「長靴《ながぐつ》をはいた猫《ねこ》」*「青ひげ」*などとともに、「シンデレラ」もここに入れたのです。

ペロー童話の特徴《とくちょう》は、①読者層は同時代の上流階級だったこと、②当時の風俗《ふうぞく》が巧《たく》みに織り込《こ》まれていること、③ペローの豊かな想像力によってストーリーに華《はな》やかな装飾《そうしょく》が加わったこと。

このため庶民《しょみん》伝承特有の素朴《そぼく》さは薄《うす》れた半面、わくわくするような物語的悦楽《えつらく》が増しました。昔話というより、昔話をベースにした自由な翻案《ほんあん》エンターテインメント小説の趣《おもむき》となったのです。

②の例としては、姉たちが舞踏会《ぶとうかい》へ着てゆくファッションが挙げられます。「金の花模様のマント」「ダイヤモンドの留《と》め金《がね》」「袖口《そでぐち》にまるく襞飾《ひだかざ》り」*「イギリス製のレース飾《かざ》り」「つけぼくろ」*「髪《かみ》を二列のコルネット（当時の木管楽器）型に結《ゆ》い上げる」など非常に具体的で、十四世時代のヴェルサイユ宮殿《きゅうでん》に集《つど》う貴婦人そのものとわかります。

＊「赤ずきんちゃん」

ペロー版では、おばあさんを食べた狼に赤ずきんも食べられて話が終わり、「子どもたち、なかでも美人でかわいくて気立てのいい子たちが、誰《だれ》の言うことでも信用するのはまちがいだ」という教訓が語られる。グリム童話では、通りかかった狩人《かりゅうど》が眠《ねむ》っている狼のお腹を切り開いて、赤ずきんとおばあさんを救い出す。赤ずきんが狼のお腹の中へ石をつめこんでおくと、目をさました狼はお腹が重くて倒《たお》れて死ぬという結末が語られる。

＊「長靴《ながぐつ》をはいた猫《ねこ》」

親の遺産として猫一匹《ねこいっぴき》しかもらえなかった粉屋の末息子が、猫《ねこ》の求めに応じて長靴《ながぐつ》を与《あた》えると、猫《ねこ》が大活躍《だいかつやく》する。そのおかげで王女と結婚《けっこん》できたというお話。グリム童話の初版にも採話されていたが、ペロー版と似すぎているためか、のちの版では削除《さくじょ》されている。

姉たちはシンデレラに着付けの相談をしたり手伝わせたりしますが、それはシンデレラの趣味《しゅみ》の良さを知っていたからと書かれています。つまりシンデレラは姉が知らなかった宮廷《きゅうてい》最新ファッションを知っていたということです。シンデレラの亡くなった実母が、宮廷《きゅうてい》と何らかの繋《つな》がりがあったことが仄《ほの》めかされているように思えます。となると、シンデレラの言動もまた貴婦人にふさわしいものだったと想像されます。本音を隠《かく》し、感情を表に出さず、皮肉を真綿《まわた》にくるむような会話は、現代人には多少違和感《いわかん》がありますが、それこそがフランス宮廷風《きゅうていふう》であり、王子の結婚《けっこん》相手としてのあるべき姿だったわけです。

ペロー版シンデレラのあらすじ

まずはざっとペロー版シンデレラのあらすじを追ってみましょう。

妻を亡くした貴族が、二人の娘《むすめ》を持つ女性と再婚《さいこん》します。彼女《かのじょ》は性格の歪《ゆが》んだ高《こう》

＊「青ひげ」
ひげが青いために恐《おそ》れられている男の後妻となった若い娘《むすめ》が、夫の留守中に、好奇心《こうきしん》から城内を見て回り、前妻たちの死体を発見してしまう。皆《みな》、夫に殺されたと気づいた彼女《かのじょ》は何とか逃《に》げのびる。これもグリム童話の初版に聞き書きとして納められたが、第二版からは削除《さくじょ》されている。

＊襞飾り
手でひとつひとつ襞《ひだ》をたたみ、のりで固めてつくりあげる、手間と時間のかかるファッションアイテム。円形に仕立てて、袖口《そでぐち》にリボンや銀のボタンなどで留める。

＊つけぼくろ
イタリアに始まった流行が広まったもので、黒のビロードやタフタを丸く切って顔に貼《は》り付けた。肌《はだ》を白く見せたり、吹《ふ》き出物などを隠《かく》したりする効果があるという。

慢《まん》な女だったので、結婚《けっこん》相手の実子である一人《ひとり》娘《むすめ》が自分の娘《むすめ》たちより心根《こころね》が優れているのが気に入らず、つらい家事を全部その子に押《お》しつけました。それ以来、継子《ままこ》は毎日働きづめで、疲《つか》れると台所のかまど（炉《ろ》）の前に座ったため灰にまみれ、サンドリヨン*とあだ名を付けられます。

あるとき、お城で王子の花嫁《はなよめ》を選ぶための舞踏会《ぶとうかい》が開かれ、国中の身分ある娘《むすめ》たちが招待されました。姉二人は「赤いビロードの服を着て、イギリス製のレース飾《かざ》りをつけるわ」「金の花模様のマントを着て、ダイヤモンドの留め金をつけるわ」などとはしゃぎながら、サンドリヨンにドレスの身じたくを手伝わせ、「おまえも行きたいだろうね」と意地悪く聞きます。サンドリヨンは「わたしの行くところではありません」とだけ答えます。でも着《き》飾《かざ》った姉たちの後ろ姿が見えなくなると、激しく泣くのでした。

そこへ名付け親*があらわれます。この名付け親は仙女《せんにょ》（女の魔法《まほう》使い）だったので、サンドリヨンが舞踏会《ぶとうかい》へ行きたがっているのを知り、杖《つえ》でかぼちゃを叩《たた》いて金色の馬車に、六匹《ろっぴき》のハツカネズミを叩いて六頭の馬に、大きなネズミを叩いて御者《ぎょしゃ》に、六匹《ろっぴき》

＊サンドリヨン

ペローはここで、この継子《ままこ》のあだ名を、皆《みな》からは「灰尻《はいじり》っ子（キュサンドロン）」と呼ばれていたが、下の姉は上の姉ほどいじわるではなかったので「灰っ子（サンドリヨン）」と呼んでいたと書き、以降サンドリヨンと記している。ただし、上の姉が話す場面ではキュサンドロンという名で呼ぶ。

＊名付け親

欧米《おうべい》における名付け親は、英語（godparent、godfather、godmother）から想像できるように、単に親戚《しんせき》や知人の子に名前を付けるだけではない。キリスト教が絡《から》んでおり、その子の幼児洗礼式に立ち会って名を与《あた》え、霊的《れいてき》な親として支えになる重要な役をも担う。

のトカゲを叩いて六人の従僕《じゅうぼく》に変えました。

さあ、これで舞踏会《ぶとうかい》へ行けるよ、と仙女《せんにょ》は言いましたが、「この卑《いや》しい身なりで？」とサンドリヨンはおずおずと訊《たず》ねます。仙女《せんにょ》は杖で灰まみれの古服に触《ふ》れました。するとたちまち金糸銀糸で縫《ぬ》われ、宝石のついた煌《きら》びやかなドレスへと変わります。最後に「この世で一番美しいガラスの靴《くつ》」も与《あた》えてくれました。でも仙女《せんにょ》はこう忠告したのです、真夜中を過ぎると変えたものは全て元にもどるから気をつけるように、と。

舞踏会《ぶとうかい》でサンドリヨンの美しさは周りを圧倒《あっとう》します。王子も彼女《かのじょ》としかダンスを踊《おど》らなかったほどです。明日の約束をして、零時《れいじ》前にサンドリヨンは城を出ました。やがて姉たちも帰宅し、きれいな王女さまがおいでになった、とサンドリヨンに話します。喜びを押《お》し隠《かく》し、わたしもお目にかかりたいから明日はお姉さまの服を貸してほしいと、断られるのを知りながら頼《たの》むと、案の定、口汚《くちぎたな》く罵《ののし》られただけでした。

翌晩、サンドリヨンは前よりいっそう着飾《きかざ》って再びお城へ到着《とうちゃく》します。王子がサンドリヨンのそばを離《はな》れず、愛の言葉をささやき続けるので、ついつい時間を忘れていると、真夜中の鐘《かね》が鳴りはじめました。あわててサンドリヨンは逃《に》げますが、ガラ

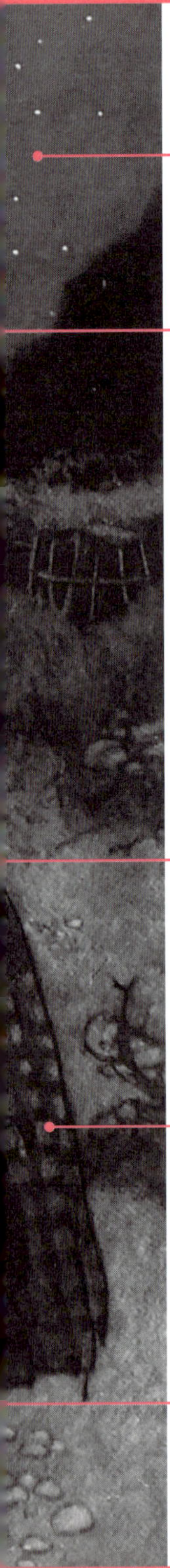

魔法《まほう》をかける仙女《せんにょ》

(1910年)

エドマンド・デュラック
Edmund Dulac

闇夜《やみよ》に光る魔法《まほう》の杖

数えきれぬ星が瞬《またた》く夜空

仙女《せんにょ》は高位貴族のごとき豪奢《ごうしゃ》な装い。スカートは幾重《いくえ》にも重ねられリボンで結ばれている。宝玉でできた髪飾《かみかざ》り、イヤリング、ネックレスがきらめく

魔法《まほう》の杖の先が線香《せんこう》花火のようにチカチカすると、左端《ひだりはし》のカボチャへも飛び火する。まもなく馬車に変わるだろう

シンデレラは典型的な下働き女の身なり。ほつれ髪《かみ》、汚《よご》れたエプロン、つぎはぎだらけのスカート、木靴《きぐつ》

畑に仕掛《しか》けられたネズミ捕《と》り*の罠《わな》

21

スの靴《くつ》の片方を落としてしまいます。追いかけた王子がそれを拾いあげ、この靴《くつ》に足がぴったり合う女性と結婚《けっこん》する、というお触《ふ》れを出します。

宮廷《きゅうてい》の役人が靴《くつ》を持って家々を回り、とうとうサンドリヨンのところへもやって来ました。姉二人は何とか足をねじ込《こ》もうとしますが入りません。見ていたサンドリヨンは、自分にも試させてほしいと笑顔で言います。おまえのような者が、と姉たちがさんざん馬鹿《ばか》にしますが、靴《くつ》はサンドリヨンの足に吸いつくようにぴったりでした。しかもポケットからもう片方の靴《くつ》までとり出すではありませんか。さらには名付け親も現れ、サンドリヨンの服に杖を当てて眩《まばゆ》いばかりのドレスに変えます。ここでようやく姉たちは、サンドリヨンこそあの王女だったと気づくのでした。

サンドリヨンは王子と結婚《けっこん》。これまでの仕打ちを謝る姉たちをやさしく許し、宮《きゅう》廷《てい》に住まわせたうえ、彼女《かのじょ》たちの結婚《けっこん》相手まで決めてあげたのでした。

めでたし、めでたし、ですが、ペローはこれでお終《しま》いにはせず、末尾《まつび》に、いかにもフランス的エスプリ（気のきいた笑い）たっぷりの「教訓詩」を二つ付け加えました。

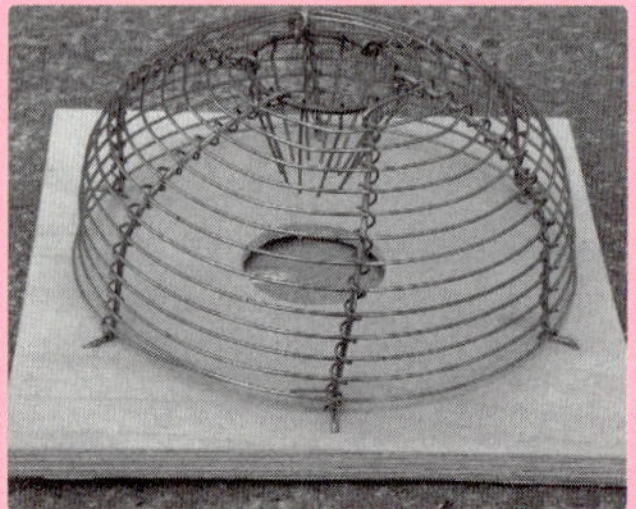

＊ネズミ捕り
（前ページ参照）

一つ目は、「美より善意こそ大事」というありふれたもの。しかし二つ目は、「さまざまな才能も大事だが、出世に役立つのは、それらを活かす名付け親がいてこそ」――こちらはかなり辛辣《しんらつ》です。有力者にバックアップしてもらうことが最重要、と言っているように聞こえるからです。

宮廷《きゅうてい》政治を長く見てきたペローは、そうした例をいくつも知っていたのでしょう。たとえば生活に困窮《こんきゅう》している若い美女を飾《かざ》り立てて王族に近づけた支援者《しえんしゃ》は、もし彼女《かのじょ》が王の愛人の座を射止《いと》めた場合、自分にもそうとうの見返りが期待できました。「シンデレラ」で魔法《まほう》を使う名付け親がきわめて唐突《とうとつ》に出現したことに、その仄《ほの》めかしが感じられます。

童話と言いながら、ペローが子ども向けに書いたのでないことはここにも表れているわけです。

馬車に乗り込《こ》むシンデレラ
(1873年)

ウォルター・クレイン
Walter Crane

いざ舞踏会《ぶとうかい》へ

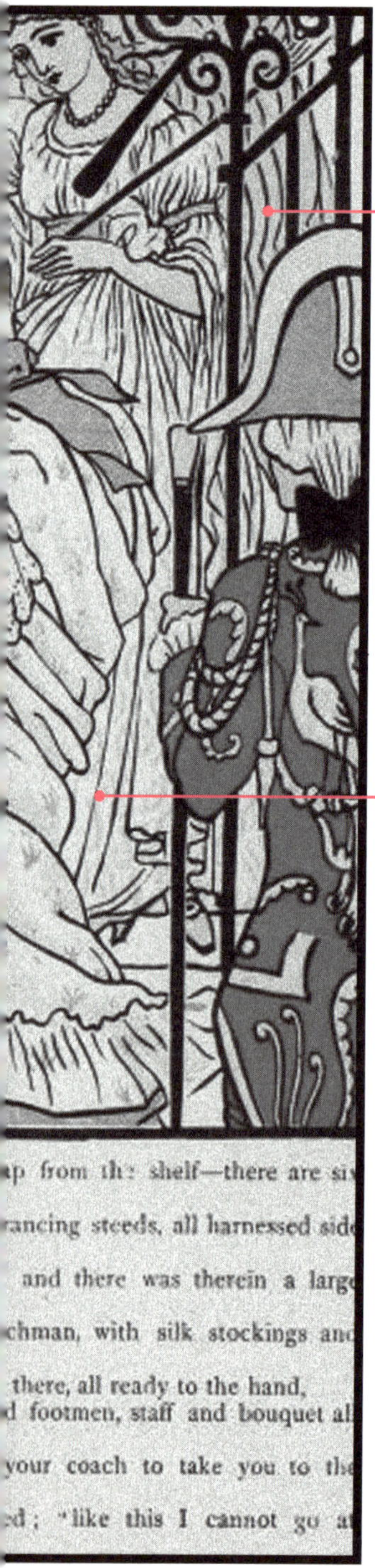

大きな金の翼《つばさ》をもつ仙女《せんにょ》は、天使をイメージさせる

シンデレラは馬車に乗り込《こ》むところ。花束を抱《だ》き、仙女《せんにょ》から祝福を受けることで、王子との結婚《けっこん》がほのめかされる

この曲線は御者《ぎょしゃ》の持つ鞭《むち》。これで馬を制御《せいぎょ》する

従僕《じゅうぼく》の帽子《ぼうし》は、ナポレオン時代の軍帽《ぐんぼう》に似せている

馬車の扉《とびら》。下半分の内側には、ネズミたちの文様がほどこされている

衣服は地位と権力の象徴《しょうちょう》

ところでペローのシンデレラ物語では、ずいぶん衣装が強調されていると思いませんか？

姉たちの詳細《しょうさい》なファッション描写《びょうしゃ》ばかりでなく、仙女《せんにょ》によるシンデレラの衣装変えが次第に豪華《ごうか》さを増してゆきますし、また舞踏会《ぶとうかい》で見た美女とシンデレラが同一人物だと姉たちが気づくのは、顔によってではなく、ドレスが変わった瞬間《しゅんかん》です。何より王子はついに一度も、灰をかぶったシンデレラの姿を目にしていません。

ここは実は大事な点です。近代になるまで、衣服は地位と権威《けんい》と財力の目に見える証《あかし》でした。厳然《げんぜん》たる身分制社会の中で、人はそれにふさわしいものを身につけているということが前提条件でした。衣服で階級の判断が下されたのです。とりわけ絶対王政期の王侯《おうこう》貴族は、男女を問わず、孔雀《くじゃく》のように派手に装って己《おのれ》のパワーを見せつけました（先ほどのルイ十四世肖像画《しょうぞうが》からも明らかですね）。一方、当時の人口の大部分を占《し》めた下層階級の人々は、何世代にもわたって変わりばえしない粗末《そまつ》な格好、しかも多くは古着を使いまわしていたので、一握《ひとにぎ》りの上流層を尊敬してというより、その衣服の絢爛《けんらん》さにひれ伏《ふ》したといっていいほどです。

宮廷人《きゅうていにん》は王権神授《おうけんしんじゅ》*（王の権力は神から授かった神聖なものという思想）に疑いを抱《いだ》きませんでした。ペローも階級制の解体を望まなかったので、物語冒頭《ぼうとう》に「むかし、ひとりの貴族がいて」と、シンデレラの父親の身分を明記しています。シンデレラが王子の配偶者《はいぐうしゃ》にふさわしい階級だったと、最初から断っているのです。であれば王子が襤褸《ぼろ》を着た彼女《かのじょ》の仮の姿を、わざわざ見る必要もないわけです。

ラストにさりげなく書かれた、「姉たちを宮廷《きゅうてい》に住まわせた」という文章も見過ごしてはなりません。ルイ十四世の治世前半までは、いわゆる「移動宮廷《きゅうてい》」というシステムがとられ、王族や臣下を中心とした宮廷人《きゅうていにん》は毎年大掛《おおが》かりな行幸《ぎょうこう》によって、各地にちらばる有力貴族の城に長逗留《ながとうりゅう》して資産を目減りさせ、かつ睨《にら》みをきかせ、反乱防止に努めました。やがて王権が盤石《ばんじゃく》になるに従い、太陽王は新しい方法を取り入れます。自分が行くのではなく、上級貴族たちを宮廷《きゅうてい》に住まわせるようにしたのです。

＊王権神授

ヨーロッパでは長らく、ローマ・カトリック教会の権威《けんい》が絶対的な力を誇示《こじ》しており、教皇、もしくは神聖ローマ皇帝《こうてい》が「神の代理人」として最高位の立場で君臨してきた。しかし「王の統治権は神から与《あた》えられたものであって、人民の委託《いたく》によるものではない」とする説の登場によって、王権は教皇など他のいかなる権力からも制約を受けないという論理が成立した。これで王の下位に属する諸侯《しょこう》や人民らが抵抗《ていこう》することは、神へ歯向かうにも等しいこととなる。ちなみに、「内親王様へ」と宛《あ》てたペローの初版の献辞《けんじ》には「民衆がどのように生きているかを知ることは、民衆を導いてやるように神より運命づけられている（内親王様のような）人たちにこそ、いっそう必要なのではないでしょうか」と書かれている。

王のそば近くに暮らして仕えることが最大の名誉《めいよ》、という考えはすぐさま浸透《しんとう》し、貴族らは自領の管理を部下に任せきりにするようになりました（田舎《いなか》暮らしを好むイギリス貴族との大きな違《ちが》いです）。こうしてヴェルサイユ宮殿《きゅうでん》*の部屋は——たとえどんなに狭《せま》くとも——争奪戦《そうだつせん》となりました。彼《かれ》らにとっては、宮廷《きゅうてい》を追われて地方にある自分の領地へ帰されることは途轍《とてつ》もない恥《はじ》となったのです。つまりシンデレラが姉たちに宮廷《きゅうてい》住まいを許したのは、当時の感覚としては法外の心遣《こころづか》いだったのです。

もっとも別の意地悪い考え方もできなくはありません。シンデレラは王太子妃《おうたいしひ》になったわけですから、姉二人は宮殿《きゅうでん》に住んでいる限りほぼ毎日彼女《かのじょ》の姿を見ることになります。そしてその度にシンデレラに対して深々とお辞儀《じぎ》をしなければなりません。また宮廷《きゅうてい》エチケットでは低位の者から高位の者に話しかけることは禁じられていましたから、シンデレラが口をきかない限り、姉たちは彼女《かのじょ》と話すことすらできません。そうしたことが一生続くのです。

＊ヴェルサイユ宮殿《きゅうでん》

パリの近郊《きんこう》（南西約二十キロ）のヴェルサイユにある宮殿《きゅうでん》。一六二四年に建てられたルイ十三世の別荘《べっそう》を、民衆による騒擾《そうじょう》事件が頻発《ひんぱつ》し衛生状態のよくないパリの町を嫌《きら》ったルイ十四世が、拡張して宮殿《きゅうでん》に整えるよう一六六一年建設に着手した。他に類を見ない豪奢《ごうしゃ》な国王の居館であったというだけでなく、一六八二年には政府機関をすべてパリから移してしまったという意味で、特異な宮殿《きゅうでん》である。宮《きゅう》廷《てい》関係の人々（貴族や執政者《しっせいしゃ》、その家臣たち）が約二万人宮殿《きゅうでん》内《ない》に起居し、さらに一万数千人の従者や兵士たちが付属の建物や町の中に住んでいたといわれている。

宮廷色《きゅうていしょく》を切り捨てたディズニー作品

ペロー版シンデレラが、ディズニー・アニメ『シンデレラ』の原案になったことは先述しましたね。

では、この古めかしい宮廷色《きゅうていしょく》をディズニーはどうしたか?――みごとにばっさり切り捨ててしまいました。二十世紀半ばのアメリカ人にとって、三百五十年も昔のヨーロッパの王国は時間的にも心理的にも遠すぎたのです(そもそもアメリカは建国の理念から王政も身分制度も取り入れていません)。そこでシンデレラと姉たちの階級差は曖昧《あいまい》になり、言動から気取ったフランス風味は消えました。かなり驚《おどろ》かされるのは、シンデレラが料理を運ぶ際に、何度かドアを足で蹴《け》って閉めることです。ヨーロッパの上流階級の家庭で働く者がこんなことをしたら大変です。そうならないように、扉《とびら》の前にはテーブルが置かれているのです。ディズニーのシンデレラの行儀《ぎょうぎ》の悪さは、非常にアメリカ的と言えましょう。同じことは、王子のダンスが下手すぎる(宮廷人《きゅうていにん》にダンスの素養は必須《ひっす》)ところにも見られます。

またシンデレラのドレスはシンプルに、王と王子は軍服姿で、もちろん鬘《かつら》などかぶってはいません。名付け親は時代がよくわからない修道服風です。ファンタジー的世界が広がることで、現代人が――といっても、この映画が製作されてすでに七十年近くたちました――夢を投影《とうえい》しやすいよう、工夫されたのです。

さらにディズニーは、登場人物の多くに固有の名前を付けました。継母《ままはは》はトレメイン夫人、姉たちはドリゼラ*とアナスタシア*、馬はメジャー、ネズミはジャックなど。本書の「はじめに」でも述べたように、本来昔話の登場人物に名はないものですが、これは文字と動画の違《ちが》いから、映画におけるリアリティを優先したためと思われます。互《たが》いに名前を呼び合わなければ、自然な会話にならないからです。

動物が大活躍《だいかつやく》するのもディズニー作品の特徴《とくちょう》です。ペローに出てくるネズミやトカゲは、シンデレラとはいっさい関わりない下等な生きもの扱いでしたが、ディズニーに登場する個性あふれる老馬や老犬、小さなネズミたちはシンデレラの友であり、また弱い者同士の連帯関係を結んでいます。

＊ドリゼラ

上の姉。継妹《ままいも》のシンデレラに意地悪なだけでなく、実妹のアナスタシアに対しても冷たく薄情《はくじょう》。ペロー版でも、「明日はお姉さまの服を貸してほしい」と言ってみるシンデレラに対して口汚《くちぎたな》く罵《ののし》るのは上の姉のほうで、ジャヴォットという名で呼ばれている。

＊アナスタシア

下の姉。アニメ版『シンデレラ』（一九五〇年公開）ではとくに姉妹で性格の差は感じられないが、『シンデレラⅡ』（二〇〇二年）の第三話ではパン屋の主人に恋心《こいごころ》を抱《いだ》くという娘《むすめ》らしさを見せ、『シンデレラⅢ』（二〇〇七年。時系列的にはⅡより前）では母の言いなりになって悪事を働くことに罪悪感をおぼえ、改心する姿が見られる。ペローの物語でも、「下の姉は上の姉ほどいじわるではなかった」という描写《びょうしゃ》がある。

イメージの刷《す》り込《こ》みと固定化

でもこうしたことは、ある意味ささいな変更《へんこう》にすぎません。ディズニー作品でもっとも手を加えられたのは、継母《ままはは》の存在*です。

ペローの継母《ままはは》の場合、最初に少し説明があるだけで、あとはすっかり影《かげ》が薄《うす》くなりましたが、ディズニー版では継母《ままはは》が全ての黒幕です。彼女《かのじょ》こそがシンデレラに嫉妬《しっと》しているのです。シンデレラの生まれもっての美しさ、心根の良さ、気品、誰《だれ》からも好かれるやさしさなどは、自分にも自分の娘《むすめ》たちにも備《そな》わっていないことをよく知っているからです。

継母《ままはは》は舞踏会《ぶとうかい》で――確証はないながらも――シンデレラを疑い、翌朝お触《ふ》れが出た時の彼女《かのじょ》の夢見心地《ゆめみごこち》の態度から、それが確信に変わってゆきます。そこで城からの使いがガラスの靴《くつ》を持ってやって来たとき、シンデレラを部屋に閉じ込《こ》めてしまうのです。動物たちの助けでやっと出られたシンデレラが靴《くつ》を履《は》こうとすると、今度は誤ったふりをして杖で従者をころばせ、ガラスを割ることまでしてしまいます。もしシンデレラが

＊継母《ままはは》の存在

それでは実の父は何をしていたのか、と気になるところだが、ディズニー版の物語のはじめのほうでは、幼くして母親を亡くしたシンデレラを不憫《ふびん》に思って、庭の噴水《ふんすい》の周りで遊んであげる父親の姿が描写《びょうしゃ》されている。また同時に、楽しげな父娘《おやこ》を継母《ままはは》・継姉《ままあね》たち・飼い猫《ねこ》が陰《いん》険《けん》に眺《なが》める様子も映される。ところがそのやさしい父はまもなく急病で亡くなってしまう。ペロー版では「再婚《さいこん》した妻に頭のあがらない情けない人物」として描《えが》かれている父親像を、ディズニー映画では早々に物語から退場させることでマイナス面を大幅《おおはば》に薄《うす》め、父親が威厳《いげん》を失うのを防ぐ仕掛《しか》けがなされている。

もう片方の靴《くつ》をポケットから出さなければ、王子の花嫁《はなよめ》にはなれなかったかもしれません。

明らかに継母《ままはは》には「悪い魔女《まじょ》」のイメージが与《あた》えられています。顔つきや言動はむろんのこと、彼女《かのじょ》が飼っている黒猫《くろねこ》の名はルシファー（Lucifer）です。ルシファーとは、高慢《こうまん》と嫉妬《しっと》（まさに継母《ままはは》そのものですね）から神に反逆し、下界《げかい》へ落とされた堕《だ》天使《てんし》、イコール悪魔《あくま》の名なのです。継母《ままはは》の分身とも言えるこの黒猫《くろねこ》もまた、堕天使《だてんし》同様、落ちてゆきます。シンデレラの友である犬ブルーノに追われ、塔《とう》から落下するのです。こんなふうに魔女《まじょ》や悪魔《あくま》が関わってくると、姉たちが許されるというペロー的なラストはありえません。王子とシンデレラの結婚式《けっこんしき》、そして宮廷《きゅうてい》馬車での新婚《しんこん》旅行で映画は終わります。

実にくっきりした二元論*で、それ自体は欧米人《おうべいじん》の思想に根付いたものなので昔話によく見られることです。ただ、アニメ映画は動きを伴《ともな》い、顔の表情が変化し、声も出ますし、効果音や歌まであります。読み聞かせや、絵本の小さな挿絵《さしえ》で想像する場合とは、比べものにならないほど強い定着力があります。一人ひとりの子どもたちが

＊二元論
善と悪、精神と物質など、二つの異なる原理を立て、それを基《き》礎《そ》にして物事を説明しようとすること、またその態度。

それまで心の中に育《はぐく》んできた美のイメージが、アメリカ文化を前面に押《お》し出すディズニーによって修正を加えられる可能性はとても高いのです（幼児はふつう、身の回りの自分に優しくしてくれる女性をきれいだと思うものです）。

しかもこの映画は、美に善が伴《ともな》い、醜《しゅう》には悪が伴《ともな》うと教えます。顔立ちも表情も声も仕草も含《ふく》めて、これが美でありこれが醜《しゅう》であると押《お》し付けてくる（ペローはただの一言も、姉たちが美しくないとは書いていません）。ディズニー版の継母《ままはは》の鉤鼻《かぎばな》や姉たちのダンゴ鼻には異人種の特徴《とくちょう》がみられますし、髪《かみ》の毛の色は西洋独特の文化的価値観が反映されています。すなわち——例外はありますが——金髪《きんぱつ》は善、赤毛は悪女、黒髪《くろかみ》はエキゾティックというような、西洋における無意識的な固定観念です。シンデレラが金髪《きんぱつ》なのにはそうした理由からで、製作者側は人々の無意識に訴《うった》えかけているのです。

ディズニーがかけた魔法《まほう》

さて、これらの事実は日本人には無関係と言い切れるでしょうか。量産されるハリウッド映画の、金髪《きんぱつ》ヒロインの数を思い出してみてください。知らず知らず、わたしたちまでブロンド女性は美人と思い込《こ》まされていないでしょうか。定型化された美、まるでそれに付随《ふずい》すると言わんばかりの善、異国風の醜《しゅう》、そしてそれに付随《ふずい》すると言わんばかりの悪、そうしたイメージの侵略《しんりゃく》に抵抗《ていこう》するのはなかなか容易ではありません。なにしろディズニー版シンデレラは面白い上に、優れた音楽の力も加わっているのです。

カボチャを馬車に変えるという、ペローの秀逸《しゅういつ》なアイディアは、ディズニー版でも白眉《はくび》のシーンになっています。名付け親が歌いながら（ヒット曲「ビビディ・バビディ・ブー」）杖をふるい、大きなカボチャの蔓《つる》をくるくる回して車輪にし、馬やネズミたちを次から次に変身させてゆく。子どもならずともわくわくします。

ペローは名付け親たる仙女《せんにょ》の外見について何も触《ふ》れませんでしたが、肝心《かんじん》のシンデレラの衣装を変え忘れるという箇所《かしょ》に着目したディズニーは、少しおっちょこちょいの陽気な初老の魔女《まじょ》を造型しました。そうすることで、ここにも二元論が成り立ちます。小柄《こがら》でほんわり丸く、愛嬌《あいきょう》たっぷりの「良い魔女《まじょ》」と、背が高くて顔の輪郭《りんかく》のごつごつした、陰険《いんけん》そのものの顔つきの「悪い魔女《まじょ》（継母《ままはは》）」の対比です。

ペローの物語を踏襲《とうしゅう》した、十二時というタイムリミット部分もアニメーションの魅力《みりょく》にあふれています。鳴り響《ひび》く時計の鐘《かね》に追われて大階段を走るドラマティックなシーン、やっと乗り込《こ》んだ馬車が山道を進むうちに速度が次第に遅《おそ》くなり、ついにはカボチャやネズミにもどってしまう、笑いとサスペンス。幾度《いくど》もドキドキすることで、大団円となる幸せなシンデレラの姿は誰《だれ》にとってもカタルシスとなるわけです。けれどあえて言わせてもらえば、ディズニー版シンデレラには、昔話が本来もつ力と深みが足りません。それについては次の第2講で詳《くわ》しく見てみましょう。

靴《くつ》が合うシーン（ペロー版）

（1862年）

ポール・ギュスターヴ・ドレ
Paul Gustave Doré

歓喜《かんき》と嫉妬《しっと》

靴《くつ》が足にぴったり合った瞬間《しゅんかん》、鷲鼻《わしばな》の老家臣は半身を大きくそらしてシンデレラを見上げ、感極まった表情を見せる。シンデレラの静かな態度との鮮《あざ》やかな対比

宮廷人《きゅうていにん》たちの首まわりを飾《かざ》るラフは、十六世紀にヨーロッパ中で大流行したもの。神に感謝するかのように両手を合わせた家臣は、顔もラフも真ん丸で、いかにもドレらしい奇妙《きみょう》さを漂《ただよ》わせる

姉たちは嫉妬《しっと》と怒《いか》りに顔を歪《ゆが》め、シンデレラを睨《にら》む

飼い猫《ねこ》も喜んでいる。なぜなら尾《お》をぴんと立てるのは、嬉しい時のしぐさだから

COLUMN 1

花嫁《はなよめ》選びの舞踏会《ぶとうかい》

階級の低い美女が、舞踏会《ぶとうかい》で王や王子に見初《みそ》められて妃《きさき》になる——絶対王政が確立する以前なら現実に起こったとしても不思議はありません。ただし、どこの馬の骨かわからぬ者を妃《きさき》にしたなどと、いったいどの君主がわざわざ公《おおやけ》にするでしょう。低いと思われていた階級が実は高かった、というように、事実は粉飾《ふんしょく》されてゆくと思われます。

歴史に残る君主で、かつ花嫁《はなよめ》選びの舞踏会《ぶとうかい》を開催《かいさい》して妃《きさき》を選んだとされているのは、十六世紀ロシアのイワン雷帝《らいてい》です。彼《かれ》はまず臣下らを国中に派遣《はけん》し、美しい貴族の娘《むすめ》を千人集めてから五百人に絞《しぼ》らせ、モスクワへ集め、さらに数十人に絞《しぼ》って宮殿《きゅうでん》のそばに逗留《とうりゅう》させました。イワンは連日そこへ通い、全員と話をして意中の人を決めます。そしていよいよ舞踏会《ぶとうかい》の夜。イワンの前に候補の娘《むすめ》たちが次々に進み出てお辞儀《じぎ》をすると、彼《かれ》はその中の一人に金銀を縫《ぬ》い込《こ》んだスカーフを与《あた》えます。それが合図です。ロマノフ家のアナスターシャが妃《きさき》に決まった瞬間《しゅんかん》でした（これが後のロマノフ王朝開祖《かいそ》の足掛《あしが》かり）。

イワン雷帝《らいてい》（1530～84）。アナスターシャは三男三女をもうけたが、若くして急死（毒殺が疑われた）。雷帝《らいてい》は疑惑《ぎわく》を向けられた重臣たちをことごとく血祭りにあげ、後世にその名を残す恐怖《きょうふ》政治を行った。

第2講

誰《だれ》も知らない物語

――グリム版「シンデレラ」

グリム童話集の功績

フランスでペロー童話集が刊行されてから百二十年ほど後の一八一二年、隣国《りんごく》ドイツでヤーコプとヴィルヘルムのグリム兄弟*が『子どもと家庭のための童話*』を出しました。世に言うグリム童話集です。今でこそ誰《だれ》もが知っていますが、当時はほとんど売れませんでした（千部売り切るのに六年もかかった）。

理由は明らかで、「子どものため」と言いつつ、個々の物語に学術的注釈《ちゅうしゃく》を付け、挿絵《さしえ》はなく、知識人向けの資料まで加えた研究書仕様だったせいです。グリム兄弟は後年『ドイツ語の歴史』や『ドイツ語辞典』などの著書でも有名になる学者ですから、当時すでに数多く出まわっていた子どもだましで低俗《ていぞく》な民話集とは一線を画《かく》したい、という強い思いがあったのです。

それは序文《じょぶん》にもあらわれており、曰《いわ》く、「（本書が取り上げた）メルヒェンは、今なお語り継《つ》がれているというそのことだけでも守るに値《あたい》します。これほどさまざまな人に喜びを与《あた》え、感動させ、教訓を示し続けてきたものは、それ自体に存在意義があ

＊グリム兄弟

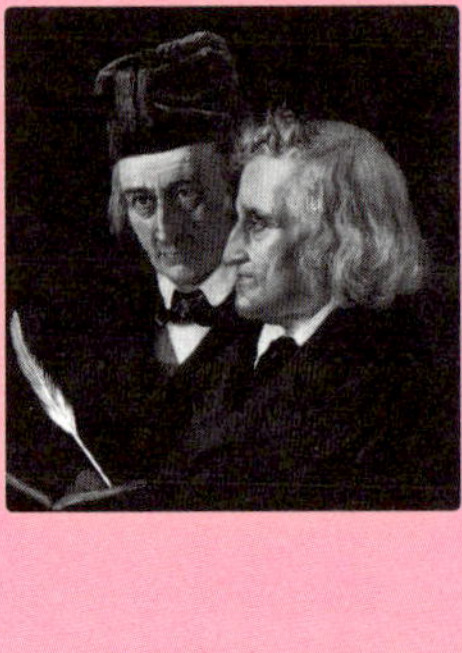

兄ヤーコプ（一七八五〜一八六三）、弟ヴィルヘルム（一七八六〜一八五九）、ともにドイツの文献《ぶんけん》学者・言語学者として生《しょう》涯《がい》協力しあった。ヤーコプには『ドイツ法律古事誌』『ドイツ語文法』（ゲルマン語の子音変移の法則〈グリムの法則〉を確立）、ヴィルヘルムには『古代デンマークの英雄歌謡《えいゆうかよう》』『韻《いん》の歴史』などの著作がある。

るからです」（拙訳《せつやく》）と。

存在意義あるメルヒェン（昔話、民話、おとぎ話、童話などを意味するドイツ語）を記録に残しておきたい――この思いには、当時のドイツ事情が絡《から》んでいました。一世紀以上昔のフランスが栄耀栄華《えいようえいが》を誇《ほこ》り、「古代ローマ以上に優れた」自らのルーツを探るべく昔話を集めたのとは異なり、ドイツは別の理由から昔話採取《さいしゅ》が盛んになったのです。それは――意外に思われるでしょうが――ドイツという国家がグリム時代になってもなおまだ存在していなかったからです。

三十年戦争*（一六一八年～一六四八年）の後遺症《こういしょう》によって三百もの小邦《しょうほう》に分裂《ぶんれつ》したままの状態は、日本に例えるなら、戦国時代の近江《おうみ》*だの、三河《みかわ》*、甲斐《かい》*だのに分かれたきり徳川に統一される気配すらないといったようなものです。ドイツ小邦《しょうほう》はそれぞれの君主がミニ太陽王を気取り、宮廷《きゅうてい》の共用語はドイツ語ではなくフランス語なのですから、一般庶民《いっぱんしょみん》はたまったものではありません。そこで思想家や文学者たちが中心となり、ドイツ国という形がまだ作られていないなら、せめてまずはドイツ国民文化を確立したいと願って、そのための切り札を自分たちのルーツであるメルヒェン

＊『子供と家庭のための童話』
メルヒェンや伝説に興味をもち始めたグリム兄弟は、一八〇七年に聞き書きを始めた。一八一二年にベルリンのライマー社から第一巻を刊行。以後、主にヴィルヘルムが手を入れて一八五七年の第七版まで改訂版《かいていばん》を出した。

＊三十年戦争
ドイツで一六一八年から一六四八年の間、ヨーロッパ諸国を巻きこんだ、最大にして最後の宗教戦争。ボヘミア王フェルディナントの新教徒圧迫《あっぱく》が原因で、デンマーク・スウェーデン・フランスも参戦。次第に政治的利害をめぐる争いに変わり、最終的にオーストリア、スペインの両ハプスブルク家とフランスのブルボン家の対抗《たいこう》関係が主軸《しゅじく》に。主な戦場となったドイツは

に求めたという次第です。

グリム兄弟は初版本の売れ行きの悪さにめげることなく、研究者魂《だましい》に支えられて収集を継続《けいぞく》しました。最終的には二百話を超《こ》える昔話（初版は八十数話）が集められ、改訂《かいてい》もくり返されます。兄ヤーコプは語り手の地方訛《なま》りをも含《ふく》めて、人々から聞いたとおりそのままの形にこだわりましたが、弟ヴィルヘルムはできるだけ多くの人に楽しんでもらえるよう、標準ドイツ語に変え、次第に表現も工夫してゆきます。そして七度もの改訂《かいてい》を経《へ》て、現在世界中で愛読される決定版が完成したのです。

改訂《かいてい》の過程でヴィルヘルムが手を加えすぎた、との批判は当初からありました。しかし口伝えの段階で、すでにおおぜいの語り部《べ》による意識的・無意識的な変更《へんこう》はあったはずですし、誕生したての純粋《じゅんすい》なメルヒェンを求めるというのは無理な話でしょう。仮にそういうものが残っていたとしても、子どもだけでなく、大人が読むに堪《た》えるとは思えません。ヴィルヘルムの功績の偉大《いだい》さがわかります。

同時に、文学的改変の行き過ぎを懸念《けねん》したヤーコプの、冷静で客観的なチェックも貴重でした。二人の絶妙《ぜつみょう》な共同作業があったればこそ、グリム童話には――ペロー

国土が荒《あ》れはて、皇帝権《こうていけん》が弱まったことで諸邦《しょほう》の分裂《ぶんれつ》が進み、近代化の遅《おく》れを招くこととなった。

＊近江
現在の滋賀《しが》県。

＊三河
現在の愛知県東部。

＊甲斐
現在の山梨《やまなし》県。

よりずっと成立は遅《おそ》いにもかかわらず――口承民話の原型が色濃《こ》く残されたのです。人々が膨大《ぼうだい》な時間をかけて培《つちか》ってきたさまざまな思い、原初的な残酷《ざんこく》さ、事物にこめられた象徴《しょうちょう》性、民族の文化性、くり返しの多い語り口、などなど。

継母《ままはは》はどうして意地悪か

シンデレラ物語はすでに初版《しょはん》から入っており、他の昔話同様、改訂《かいてい》を重ねるにつれ少しずつ洗練《せんれん》されてゆきます。決定版のストーリーを短く区切って追いながら、重要な単語の文化的意味やシンボル性などを見てゆきましょう。

ペローやディズニーとの違《ちが》いの大きさにびっくりするかもしれませんよ。

①昔、ある金持ちが妻を亡《な》くし、再婚《さいこん》しました。継母《ままはは》は二人の連れ子と共に、さっそく継子《ままこ》いじめを開始します。きれいな服を取り上げて古い汚《きたな》い服を着せ、一日中つらい家事労働で追い立て、下働きの台所女中のように扱ったのです。

――ペローと同じく、冒頭《ぼうとう》で真っ先に挙《あ》げられるのが「父親の身分」です。ペローが「貴族」としているのは、絶対王政最盛期の宮廷人《きゅうていじん》としては当然で、第1講でも触《ふ》れたように、シンデレラの階級が王族の結婚《けっこん》相手にふさわしいかどうかは当時の重要事項《じこう》でした。

では「金持ち」としか書いていないグリムはどうでしょう。これはペローよりはるかに古い口承であることを示しています。群雄割拠《ぐんゆうかっきょ》でチャンスさえあれば貴族にも王にも成り上がれた時代には、金持ち、すなわち財力のある者は、権力にもっとも近い位置にいました。つまりグリムもまた、シンデレラが生まれながらにしてかなり高い立場にあったと、わざわざ断っているわけです。

次の「継母《ままはは》」は少し複雑です。昔話に登場する継母《ままはは》が、最初にその話が生まれた時点から継母《ままはは》だったかどうか、見極《みきわ》めが難しい。実母が子を虐待《ぎゃくたい》する話は聞き手にショックを与《あた》えるので、口伝えの過程で実の母親から血のつながらない母へと変わっていった可能性もあります。

また、近代になるまで出産は命がけでしたし、小さな子を遺《のこ》して亡くなる母親も多く、継母《ままはは》率は今と比べものにならないほど高かった。そうした中、シンデレラ物語を我が子に語り聞かせる実母は、もしわたしが死ねば恐《おそ》ろしい継母《ままはは》が現れる、だからお前は今とても幸せな境遇《きょうぐう》なのだよと、言い含《ふく》めて躾《しつ》けるには都合がよかったでしょう。語り手が家族ではない場合も、聴《き》き手の事情を考慮《こうりょ》してその都度変更《へんこう》を加えたかもしれません。

「継姉《ままあね》」の解釈《かいしゃく》も一筋縄《ひとすじなわ》ではゆきません。なぜならこの物語全体を、幼い子ども（＝シンデレラ）の眼から見た世界、ととらえることも可能だからです。客観的視点を持てない小さな子は一般《いっぱん》に自己中心的で、自分の思いどおりにならないと親や兄姉にいじめられていると思い込《こ》み、ひいては彼《かれ》らがこんなにいじめるのはほんとうの親兄姉ではないからだ、と結論づけてしまうこともありえます。ストーリーが進むにつれ、継母《ままはは》より継姉《ままあね》たちの存在が大きくなるのは、身近な競争相手ゆえです。

「灰」が象徴《しょうちょう》するもの

②二人の姉は、顔は白くてきれいなのに心は黒くて汚《きたな》かったので、言葉でも妹を傷つけました。それまでのベッドを使わせてもらえず、かまどの中で眠《ねむ》っていつも灰まみれだった彼女《かのじょ》にシンデレラとあだ名をつけ、馬鹿《ばか》にしたのです。

――「姉たちの外見」は、顔は白くてきれいとはっきり書いてあり、醜《みにく》い心と対比させています。ペローも、母親に似て高慢《こうまん》で思いあがっている、と性質の悪さを指《し》摘《てき》するだけで、外見には触《ふ》れていません。彼女《かのじょ》らの見た目の悪さは、ディズニーが強調しているだけなのです。それは姉たちが舞踏会《ぶとうかい》で王子に拝謁《はいえつ》するシーンで、王と王子がげんなりする様子、またガラスの靴《くつ》を持ってきた際には侍従《じじゅう》が同じ態度をとることで、笑いにまで転化されます。

本来、美醜《びしゅう》への感度は個人個人で違《ちが》います。育った環境《かんきょう》にもよるし、先述したとおり、幼い子は自分に優しくしてくれる相手をきれいだと思うものです。耳だけで聴《き》く場合、姉たち（シンデレラも）の容姿に対するイメージは、それこそ千差万別だったでしょう。ところがアメリカ文化を色濃《いろこ》く反映したこのアニメ映画の席巻《せっけん》により、偏《かたよ》った美醜《びしゅう》の基準を教えこまれる結果になりました。

　次に「かまど（炉《ろ》）」。これは周《まわ》りをレンガや石、セメントなどで固め、上に鍋《なべ》を置いて下で火をおこし、煮炊《にた》きする設備です。食や暖に関わり、火を飼いならす場でもあるため、愛や豊穣《ほうじょう》、生命力のシンボルとされます。

　ギリシャ神話のかまどの女神はヘスティア*。彼女《かのじょ》の火がオリンピックの聖火になると言われます。そして聖火はヘスティアの巫女《みこ》たちに守られたので、シンデレラはその巫女の一人かもしれない……このメルヒェンの起源を神話に求める研究者の中にそう考える人もいます。

　「灰」も重要です。かまどの中では薪《たきぎ》を燃やすので、当然ながら灰が発生します。灰の始末も台所女中の重労働でした。灰が象徴《しょうちょう》するものは実に多様で、死そのもの、再生（灰から蘇《よみがえ》るフェニックス*）、キリスト教での改悛《かいしゅん》や贖罪《しょくざい》（「灰の水曜日*」）などが思い出されます。しかし古代の多くの文化圏《ぶんかけん》では、灰は魔術《まじゅつ》と関連づけられま

＊ヘスティア

ギリシャ神話のかまどの神。アポロンとポセイドンに求婚《きゅうこん》されたが、ゼウスから永遠の処女を守る許しを得る。また、かまどが家庭生活の中心であるのと同様に彼女《かのじょ》は神々の住まいの中心的位置を占《し》めるとされ、すべての家と神殿《しんでん》において崇拝《すうはい》される権利を持つ。そのため、他の神々のように世界中を歩き回ることなく、つねにオリュンポスにとどまっている。

＊フェニックス

古代エジプトの想像上の鳥が原型で、日本語では不死鳥と訳される。アラビアの砂漠《さばく》にすみ、五百年ごとに太陽の都ヘリオポリスを訪れ、生命の終わりが近づくと、香木《こうぼく》を積み重ねて火をつけ自らを焼き死に至るといわれている。そしてその灰の中からよみがえる。

した。これは火に焼かれたものの力が灰に凝縮《ぎょうしゅく》されるとの考えからきたようです。かまどのそばで寝起《ねお》きし、常に灰にまみれていたシンデレラが、いつしか異界の魔《ま》力《りょく》を身につけていったとしても不思議はありません。

三回の繰《く》り返し

③父親が歳《とし》の市《いち》へ出かけることになり、おみやげは何がいいか聞きました。二人の継姉《ままあね》は服と宝石をねだりますが、シンデレラは奇妙《きみょう》な願いごとをします。帰り路《みち》で父親の帽子《ぼうし》に当たった、最初の木の枝がほしいと言うのです。父は約束を果たします。ハシバミ*の小枝でした。

シンデレラはそれを母の墓へ植え、毎日三度そこへ行って祈《いの》り、流す涙《なみだ》で育てました。木は成長し、白い小鳥が枝に止まるようになります。やがてシンデレラがほしいと頼《たの》んだものを、落としてくれるようになりました（何を頼《たの》んだか、具体的なことは書かれていません）。

＊灰の水曜日

カトリック教会の行事の一つ。復活祭の四十六日前の水曜日のこと。この日が四旬節《しじゅんせつ》の第一日にあたる。その日、信者の額に聖灰で十字架《じゅうじか》のしるしをつける教会の習慣がある。聖灰祭。

＊ハシバミ

日当たりの良い地に生えるカバノキ科の落葉灌木《かんぼく》。中国名は「榛」で日本でもこの字を用いるが、別字に「亲《はしばみ》」がある。これは、神事に山の木を用いるときに針（亲《はしばみ》は針のこと）を放って木を選ぶことがあり、それを表した字体と考えられている。古代ローマでは、平和と幸福をもたらす木として結婚式《けっこんしき》の夜に焚くたいまつとして用いられた。北欧《ほくおう》では雷神《らいじん》トールの木とされて落雷《らくらい》から家や墓を守るという。イギリスでは、ハシバミで作ったくさびを三本打ち込《こ》

――「ハシバミ」の実は栄養価の高いヘーゼルナッツ。木は神木《しんぼく》とされ、勝手に切ると死刑《しけい》になった時代もありました。ギリシャ神話では、ヘルメス*がアポロン*から授《さず》かった英知の杖《つえ》*がハシバミとされます。中世になると、水脈や鉱脈《こうみゃく》を探すY字型の占《うらな》い棒*としてハシバミの枝がよく使われました。そこからの連想で、隠《かく》された財宝の探知棒とも言われます。シンデレラがハシバミの若枝を母の墓のそばに植え、大事に育てた意味の想像がつくでしょう。彼女《かのじょ》はこの木から知恵《ちえ》と知識を得、ついには水脈たる財宝（豪華《ごうか》な衣装、ひいては王族という地位）も得ることになります。

「白い小鳥」は霊魂《れいこん》のシンボルなので、シンデレラを守る母の魂《たましい》と解釈《かいしゃく》できます。ただし、継母《ままはは》が実際には実母だった場合、次のような説にも一理あります。すなわち、死んだ実母と継母《ままはは》と白い小鳥は同一人物。その母は、シンデレラが幼いときにはあくまで優しく甘《あま》やかし、少女時代はあえて家事労働をさせ厳しく躾《しつ》け、シンデレラが挫《くじ》けそうになると、白い小鳥という精神的支柱として励《はげ》まし続けた……この説については「復讐《ふくしゅう》」のところでまた触《ふ》れましょう。

んだ家は火災にならないという言い伝えがある。

＊ヘルメス

ギリシャ神話の神。オリュンポス十二神のひとりで牧畜《ぼくちく》・商業・盗人《ぬすっと》・旅人などの守護神。ローマ人からはメルクリウス（英語ではマーキュリー）と同一視された。ヘルメスが発明した葦笛《あしぶえ》が欲しくなったアポロンは、牛追いの黄金の杖を与《あた》え、小石による占《うらな》いの術を教えて笛を入手した。

④そんなある日、王が舞踏会開催《ぶとうかいかいさい》を発表します。王子の花嫁《はなよめ》を選ぶためなので、国中の美しい娘《むすめ》を招待するというのです。シンデレラは命じられるまま姉たちの着付けを手伝いますが、自分も行きたくて継母《ままはは》に泣いて頼《たの》みます。継母《ままはは》は一皿分のソラマメを灰に撒《ま》きちらし、二時間以内に全部拾いだしたら行かせてやると言います。一人ではとうてい無理なので、シンデレラは庭に出て、空を飛ぶ鳥に助けを求めました。いつもの白い小鳥を先頭に、たくさんの鳥が集まり、嘴《くちばし》でつついて豆をよりわけてくれました。しかし継母《ままはは》は約束を守らず、また泣いて頼《たの》むと今度はもっと多くの豆で試されます。それも鳥たちに助けてもらってやり遂《と》げますが、継母《ままはは》は最初から連れてゆく気がなかったので、シンデレラを無視して自分の娘《むすめ》たちと舞踏会《ぶとうかい》へ行ってしまいました。

――昔話における「王族」は、特になんらかの説明がない限り、完璧《かんぺき》さの象徴《しょうちょう》です。人は誰《だれ》しも心の中に各々の王国を持っており、不遇《ふぐう》から脱《だっ》して上昇《じょうしょう》すること、ないし精神的成長を遂《と》げることが、王や女王になる、ないし王子や王女と結婚《けっこん》する、とい

＊アポロン
ギリシャ神話の神。オリュンポス十二神のひとりで、おもに詩歌、音楽、予言、弓術、医術をつかさどるほか、法律、道徳、哲学《てつがく》にも関わるなど、人間のあらゆる知的文化的活動の守護神である。また光の神として「フォイボス」とも呼ばれ、ときに太陽と同一視されるが、それはアポロンがギリシア人、その後のローマ人にとっても知性と文化の象徴《しょうちょう》であったためである。

＊英知の杖
ヘルメスがアポロンから得た黄金の杖は、後世になって、言葉による思考表現力を人間にさずけた魔法《まほう》の杖の原型であると信じられるようになった。その杖がハシバミの枝であったと伝えられたことから、ハシバミの枝があまねく英知の象徴《しょうちょう》とされた。

う形で表現されているのです。

「三回の繰《く》り返し」は、いろいろな昔話に出てきます。3は聖なる数、霊的《れいてき》な数、二元論の対立を解決する数です。音楽的なリズム（ワルツの三拍子《さんびょうし》が典型）と同じように、口伝えで語られる三回の繰《く》り返しには、子どもの耳に心地よく響《ひび》くと同時に、ストーリーへの投入を強くうながす働きがあります。シンデレラが舞踏会《ぶとうかい》へ行きたくて継母《ままはは》に泣いて頼《たの》んだ二回はだめでしたが、三回目にハシバミの木に頼《たの》んだときに行けるようになります。そのハシバミの木に呼びかける言葉（「かわいい木よ……」）も三回繰《く》り返されます。

またこの先では、舞踏会《ぶとうかい》で王子が追いかけるのも三回。最初の二回は失敗しますが、三回目に靴《くつ》を手に入れます。王子の花嫁《はなよめ》選びでも、靴《くつ》に合う娘《むすめ》を探すのに二回失敗し、三回目にようやく真実の女性を見つける。イチ、ニ、と小さな手拍子《てびょうし》、サンで大きな手拍子《てびょうし》というわけです。

一方ペローは、昔話のゆったりした流れより、小説的スピード感を重視したため「三回の繰《く》り返し」は使っていません。シンデレラが舞踏会《ぶとうかい》へ行くのは二回だけです。ディ

＊Y字型の占《うらな》い棒

二股《ふたまた》に分かれた枝を片手ずつに持って、Y字の先端《せんたん》部分で水脈や鉱脈、埋《う》もれた宝を探ることを「ダウズ」と呼ぶ。脈のそばにたどりつくと、枝が動いたり音を発するなどして知らせる。振《ふ》り子などを用いて潜在《せんざい》意識を引き出し回答を得る占《うらな》い法もダウジングと呼ばれる。

豆を選《え》り分ける鳥たち

アレクザンダー・ツィック
Alexander Zick

鳥たちに助けを

空の鳥たちがシンデレラの苦境を助けに集まってくるこのシーンは、ペローにはない

シンデレラは目力が強く、腕《うで》に止まった白い鳥に何かを話しかける様子も、意志的で毅《き》然《ぜん》としている

台所の雑然とした様子がリアルに描《えが》かれる。上部の梁《はり》に掛《か》けられたタオル、水汲《く》み用の重い桶《おけ》、洗い物の皿や鍋《なべ》、かまどで燃やす木の枝……どれもシンデレラの重労働を物語る

床《ゆか》に落ちた豆も熱心に選り分ける鳥たち

窓は壁《かべ》を四角く穿《うが》っただけのもので、柵《さく》もガラスも嵌《はま》っていない。ふだんからどれだけ寒かったかわかる

極貧を示す裸足《はだし》

ズニーに至ってはさらにスピードアップし、たった一回、ワンチャンスをものにしています。

「豆」は古代ギリシャで死者の魂《たましい》を宿すと信じられていました。そのため食べると魂《たましい》が乗り移るとして（「灰」と非常によく似ています）、当時の哲学者《てつがくしゃ》ピタゴラス*は食べることを禁じました。古代ローマ時代もなお死と結びつけられ、博物学者プリニウス*も（ピタゴラスより六世紀近く後なのに）豆食に難を示し、祭司たちは食べなかったと言われます。豆と霊魂《れいこん》の結びつきは人々の無意識に食い込《こ》み、「ジャックと豆の木」*で主人公が豆の木を登ると異界《いかい》へ行けたのはそのためです。シンデレラの豆の拾い出し作業にも、同じシンボル性が考えられましょう。

行動的なシンデレラと王子

⑤ひとりになるとシンデレラはハシバミの木のところへ行き、言いました、「かわいい木よ、揺《ゆ》すって揺《ゆ》すってわたしに金と銀を投げておくれ」。すると木が体を揺《ゆ》す

＊ピタゴラス

前五七〇ごろ～前四九六ごろ。古代ギリシャの自然学者・哲学《てつがく》者《しゃ》・数学者・宗教家。教団を組織し、霊魂《れいこん》の不滅《ふめつ》、輪廻《りんね》、死後の応報を信じて、魂《たましい》をしずめる音楽と永遠不変の真理を教える数学を重視した。ピタゴラス学派は、音楽、数学、天文学、医学を研究し科学史に残る業績も少なくないが、万物は数の関係によって秩序《ちつじょ》づけられると考えるなど、合理性の中に時として神秘性が混在している。

＊プリニウス

二三ごろ～七九。古代ローマの博物誌家。文学、法律、雄弁術《ゆうべんじゅつ》を学び、軍人として勤務に励《はげ》む一方、大自然すべての生態に異常な興味を抱《いだ》いて古今東西の文《ぶん》献《けん》を探し求めた、自身の観察や思想を織り込《こ》みつつ『博物誌』全三十七巻を完成させた。ヴェスヴィオ火山噴火《ふんか》後のポンペイを調査しに行って死去。

り、金銀の服と、絹と銀を刺繍《ししゅう》した靴《くつ》を投げてくれたので、それを身につけてすぐ城へ出かけました。継母《ままはは》らはこの美しい女性はどこかの国の王女だろうと思いましたし、王子はすっかり夢中になり彼女《かのじょ》以外とは踊《おど》ろうともしませんでした。

——自分が何を望んでいるか、手に入れるためにどうすればいいか、それを明確に知る人間は多くはありません。でもグリムのシンデレラはその一人でした。父親におみやげを頼《たの》んだときも、ハシバミの木の枝（知恵《ちえ》と知識）の重要性を知っていたからですし、舞踏会《ぶとうかい》へ行くためにどんなドレスが必要かもわかっていて具体的に祈《いの》りを捧げています。ペローやディズニーのシンデレラが服から何から仙女《せんにょ》におまかせだったのと比べてみてください。

「靴《くつ》」は、時に「スリッパ」と訳されていることがありますが、現代人が思い浮《う》かべるスリッパと異なり、かつては浅い踵《かかと》付きの靴《くつ》もそう呼ばれていました。

ペローではガラスの靴《くつ》ですが、当時の技術ではとうてい実用に耐《た》えませんから、次のような説が出ています。フランス語の「リスの毛皮（vair）」が「ガラス（verre）」

＊「ジャックと豆の木」
イギリス、イングランド地方の民話。怠《なま》け者のジャックは牝牛を豆と交換《こうかん》してしまう。怒《おこ》った母親が豆を庭に投げ捨てると一晩で天まで伸《の》び、それを登って空の上の国にたどり着いたジャックは、巨人《きょじん》から金の竪琴《たてごと》と金の卵を産むニワトリと金の袋《ふくろ》を奪《うば》い、巨人《きょじん》を退治するという話。

変身と御者《ぎょしゃ》たち

（1854年）

ジョージ・クルックシャンク
George Cruikshank

用意は万端《ばんたん》

いかにもカボチャ風の、無骨《ぶこつ》な馬車

お揃《そろ》いの帽子《ぼうし》と制服、長い杖を持った侍従《じじゅう》らは、六匹《ろっぴき》のトカゲの変身だ

この御者《ぎょしゃ》は、もとはネズミ。「これまで誰《だれ》も見たことのないほど立派な口髭《くちひげ》を生やした、太った御者《ぎょしゃ》に変わりました」というペロー原作に忠実な描写《びょうしゃ》

極端《きょくたん》に絞《しぼ》ったウエストは、画家の生きた時代の女性ファッションの影響《えいきょう》

黒い尖《とが》り帽《ぼう》は、現代にまで続く魔女《まじょ》の定番イメージ

と同じヴェルという発音なので、ペローはリス皮でできた靴《くつ》をガラスの靴《くつ》と勘違《かんちが》いしたのではないか、と。しかし異論もあり、それによればフランス語圏外《けんがい》の類話にもガラスの靴《くつ》は出てくるので、ペローが間違《まちが》ったわけではないと言うのです。

一方、こうも考えられないでしょうか。ペローは毛皮の靴《くつ》と知っていながら、あえてガラスにした。なぜならちょうどこのころヴェルサイユ宮殿《きゅうでん》では、ふんだんにガラスを使った壮麗《そうれい》な「鏡の間」が完成したところでした。その輝《かがや》かしさをシンデレラの靴《くつ》に投影《とうえい》したのだ、と。

⑥夕暮れが来て、シンデレラが帰ろうとすると王子はどうしても送ってゆくと、ついてきます。困ったシンデレラは自宅の鳩《はと》小屋へ隠《かく》れました。王子がそこに立っているとシンデレラの父がやって来て、王子からこういう女性を知らないかと訊《き》かれました。父はシンデレラではないかと疑い、斧《おの》で小屋を壊《こわ》しましたが誰《だれ》もいません。台所へ行って確かめると、娘《むすめ》は灰にまみれて眠《ねむ》っていました（実は裏口から出て、服と靴《くつ》を白い小鳥に返し、大急ぎで戻《もど》っていたのです）。

翌日また同じことが繰《く》り返されます。ハシバミの木は前日よりもっと立派な服を投げてよこし、王子はついてきますが今度は梨《なし》の木に登って逃《に》げ、父が木を切り倒《たお》し、かまどに娘《むすめ》を発見します（木の反対側から降りていた）。

いよいよ三日目。これまで見たこともない豪華《ごうか》な服を身にまとい、金の靴《くつ》を履《は》いたシンデレラに、人々は声も出ません。王子は今度こそ彼女《かのじょ》を逃《に》がさぬよう、あらかじめ大階段にタールを塗《ぬ》っておきました。いつものようにシンデレラは駆《か》けだして逃《に》げますが、タールに足を取られ、靴《くつ》の片方が脱《ぬ》げてしまいます。

――なんと王子はシンデレラの家へ二度までもついてきて、彼女《かのじょ》の父親と出会っていたのです。この父の行動が奇妙《きみょう》でした。これは東洋ではあまり見られない、ヨーロッパのシンデレラ類型の一つ――シンデレラが実父に求婚《きゅうこん》され、それを避《さ》けるために顔を灰で汚《よご》した――と思われます。グリムが採話《さいわ》したとき、おそらくそれが中途半端《ちゅうとはんぱ》な形で残ったのではと考えられています。

靴《くつ》はここで初めて「金」になりました。黄金が完璧《かんぺき》さのシンボルなのは言うまでもありません。

「落とした靴《くつ》」については多くの読者が疑問を抱《いだ》く箇所《かしょ》のようです。まずペローでは、十二時過ぎると魔法《まほう》が解《と》けて、カボチャの馬車もドレスも全て元にもどったのに、なぜガラスの靴《くつ》はそのままなのか――これはよく読むとわかりますが、ガラスの靴《くつ》だけが名付け親たる仙女《せんにょ》のプレゼントなのです。シンデレラがそれまで履《は》いていた古靴《ふるぐつ》がガラスに変えられたわけではありません（シンデレラは裸足《はだし》だった可能性もあります）。ガラスの靴《くつ》は、いわば異界からもたらされた特別な贈《おく》り物だったのです。他は全て、現実世界の生きものや衣服を魔力《まりょく》によって時間限定で変化させられたので、時とともに効力を失ったのです。

グリムの場合は、服も靴《くつ》もハシバミの木が与《あた》えてくれました。シンデレラは使う度《たび》に返しています。最後の金の靴《くつ》だけは返さなかったので、そのまま残りました。

どちらも論理的で説得力がありますね。ディズニー作品だけが、そのあたりの説明を全くしていないため、腑《ふ》に落ちない気持ちを抱《いだ》かせてしまうのでしょう。

ガラスの靴《くつ》はなぜ小さい

⑦王子は拾ったその靴《くつ》にぴったりの娘《むすめ》を妃《きさき》にすると決め、翌朝シンデレラの家へ行きました。

まず上の姉が靴《くつ》を持って自室で試してみますが、入りません。母親からナイフを手《て》渡《わた》され、妃《きさき》になればもう自分の足で歩く必要はないのだから指を切ってしまえと言われて、そのとおりにします。王子は彼女《かのじょ》を馬に乗せ城へ向かいますが、ハシバミの木のそばを通ると白い小鳥が、「靴《くつ》から血が出ている、靴《くつ》が小さすぎる、ほんとうの花嫁《はなよめ》はうちにいる」と歌いました。

王子は怒《おこ》って引き返し、今度は下の姉が試します。同じことが起こり、彼女《かのじょ》は踵《かかと》を切り落として無理やり靴《ぐつ》を履《は》きました。また小鳥に真実を暴《あば》かれ、王子は引き返します。他に娘《むすめ》はいないのかと聞かれた父親と継母《ままはは》は、もうひとり前妻の娘《むすめ》がいるが汚《きたな》くてとても人前には出せないと抵抗《ていこう》します。けれど王子がどうしてもと言うので、ついにシンデレラが呼び出されました。

靴《くつ》が合うシーン（グリム版）

（1905年）

ハンス・プリンツ
Hans Printz

祝福と屈辱《くつじょく》

継母《ままはは》のこの奇妙《きみょう》な被《かぶ》り物は十五世紀に見られたもの

影《かげ》の薄《うす》い存在の父親が、陰《かげ》に立つ

足の指を切り落とした姉が、痛みと屈辱《くつじょく》で座り込《こ》む

王子の極端《きょくたん》な尖《とが》り靴《くつ》は中世末期に最盛期を迎《むか》えた。先端《せんたん》が長ければ長いほど、身分は高かった

室内がどこか薄気味《うすきみ》悪《わる》いのは、人魚型のシャンデリア、暖炉《だんろ》に彫《ほ》られた人面、砂時計などから醸《かも》し出される

ペローの仙女《せんにょ》と対応する小鳥が、シンデレラ目指して飛ぶ

流れるようなブロンドの長髪《ちょうはつ》は、シンデレラのイメージとしては珍《めずら》しい

彼女《かのじょ》は顔を洗って出てゆき、靴《くつ》を履《は》きます。王子は、これこそほんとうの花嫁《はなよめ》だと喜びます。馬に乗って通るとき、小鳥も「靴《くつ》から血が出ていない、靴《くつ》は小さすぎない、ほんとうの花嫁《はなよめ》だ」と歌いました。

――「靴《くつ》」、つまり履《は》き物は、古代においては特権階級の占有物《せんゆうぶつ》でした。奴隷《どれい》は裸足《はだし》だったのです。そうした特別なイメージとも相俟《あいま》って、靴《くつ》はフェティシズム*の大いなる対象となってゆきます。フェティシズムとは性的倒錯《とうさく》の一種で、異性の肉体の一部または持ち物に異常に執着《しゅうちゃく》することを言いますから、「シンデレラ」は子ども向けの顔をしつつ、大人に対する隠《かく》れたメッセージも発信しているわけです。

同じことは「靴《くつ》のサイズ」についても言えます。女性や子どもは男性に比べて小ぶりな肉体を持つので、小サイズのイメージは愛らしさ、女らしさ、繊細《せんさい》さと結びつきます。でもシンデレラの足は単にそのイメージ作りのためではなく、人より並外れて小さいことが強調されます。ペローでは宮廷《きゅうてい》内外の高貴な女性の誰《だれ》ひとり履けなかったし、グリムの初版にも「誰《だれ》が履《は》いても小さすぎた」とはっきり書かれています（決

＊フェティシズム
呪物《じゅぶつ》を示す「フェティッシュ」が語源。宗教学や文化人類学の分野では呪物崇拝《じゅぶつすうはい》と訳され、人工物や簡単な加工を施《ほどこ》した自然物に呪力《じゅりょく》が宿ると信じ、これを崇拝《すうはい》することを示す。心理学や精神分析学《ぶんせきがく》の分野では、異性の身体の一部や、相手と関係する物品に対してきわめて強い執着《しゅうちゃく》を示し、それを性的満足の対象とすることをいう。

定版ではその部分は割愛《かつあい》され、姉二人に試すだけになりましたが）。

いったいどうしてシンデレラの足はそんなに小さいのでしょう。そこで思い出されるのは、シンデレラ類話の最古版が中国*だったということ。シンデレラ纏《てん》足《そく》*説《せつ》が有力視される所以《ゆえん》です。

纏足《てんそく》は六世紀ころから始まったと言われる中国の古い風習で（とは言っても二十世紀まで続いたのだから驚《おどろ》きです）、少女期に親指以外の指を全部足裏へ折り曲げ、布できつく巻いて成長を抑《おさ》える人工的変形です。おそらく最初は性的奴隷《どれい》の逃亡《とうぼう》を阻止《そし》する目的だったと思われますが、次第に男性のフェティシズムの対象となり、美女の条件とされるに従って、今度は女性自らが積極的に纏足《てんそく》しはじめます。

掌《てのひら》で包めるほどのサイズなので、当然ふつうには歩けませんし、走れません。その頼《たよ》りない歩き方もまたエロティックと賞讃《しょうさん》され、肉体労働をしなくてすむ上流階級に属す証《あかし》にもなってゆきます。シンデレラの継母《ままはは》が自分の娘《むすめ》に、足を削《けず》って靴《くつ》に押《お》し込《こ》めるよう命じながら、「妃《きさき》になればもう足で歩く必要はない」と言っていましたね。

＊最古版が中国

唐《とう》の段成式《だんせいしき》が撰《せん》した『酉陽雑俎《ゆうようざっそ》』（前集二十巻、続集十巻。八六〇年ごろ成立）の中にある「葉限《イエーシェン》」では、母を亡くし、父までも亡くした娘《むすめ》は継母《ままはは》にいじめられて暮らしていたが、ある日行くことを禁じられた祭りに着飾《きかざ》って金の靴《くつ》を履《は》いて出かけた。ところが継母《ままはは》に見つかりそうになったため逃《に》げ出したときに、金の靴《くつ》を落としてしまう。しかし、その靴《くつ》がきっかけとなって娘《むすめ》は玉の輿《こし》に乗ることになる。

＊纏足

女性の足を人為的《じんいてき》に小さくする中国のかつての風習。三、四歳《さい》から親指以外の四指を足底に折り曲げてきつく縛《しば》り、小さい靴《くつ》を履《は》かせて発育を妨《さまた》げる。生涯《しょうがい》、四指は足裏にはりついたままとなる。さらに七、八歳《さい》にな

⑧教会で王子とシンデレラの結婚式《けっこんしき》が行われると知り、姉たちは幸福のおすそ分けに預かろうと出かけてゆきます。すると白い小鳥に目を突《つ》つかれ、二人は一生目が見えなくなってしまいました。

——復讐《ふくしゅう》で終わる昔話は少なくありません。主人公をひどい目にあわせた仇役《かたきやく》が懲《こ》らしめられる結末は、普通《ふつう》の人間の素朴《そぼく》な感情を宥《なだ》めるものと言えます。シンデレラ物語の場合、それは父や継母《ままはは》ではなく、姉たちに対してなされました。

どうしてか?

先述したように、実母と継母《ままはは》と白い小鳥が同一人物だったとしたなら、姉たちもまたシンデレラの実の姉であり、同じ両親に育てられたことになります。しかしなぜか彼女《かのじょ》らはシンデレラと違《ちが》って厳しい躾《しつけ》を受けず、甘《あま》やかされたわがままな人間に育ってしまう。

となれば、姉たちが目を失ったというのも、復讐とは別の意味があるのかもしれません。つまり姉たちは最初からずっと物事をきちんと見る目を持っていなかったし、

ると足の裏を強く折り曲げて脱臼《だっきゅう》させて縛《しば》り、小ささを保たせる。踵《かかと》からつま先まで十センチ程が理想とされたが、纏足《てんそく》は上流階級のたしなみであったため、どんなに痛くとも女性たちは自ら耐《た》えた。纏足《てんそく》していない娘《むすめ》が条件の良い結婚《けっこん》をすることは不可能であった。

これからも持つことはない……そういうことが仄《ほの》めかされている、と考えることもできるでしょう。

これがグリムのシンデレラです。ペロー版と似てはいても、受ける印象がずいぶん違《ちが》ったはずです。同じメロディを、別の歌手、別の演奏、別のアレンジで聴《き》かされた気がしますね。

次の第３講でもう少し詳《くわ》しく見てゆくことにしましょう。

グリム童話「シンデレラ」をモチーフにした

旧西ドイツの切手（1965年）

①

②

③

④

① 小鳥が友となり心の支えとなる

② ハシバミの木と小鳥がドレスを与《あた》えてくれる

③ 片方の靴《くつ》を拾った王子が追いかけてくる

④ 白馬に乗った二人は王冠《おうかん》をかぶっており、結婚後《けっこんご》とわかる

COLUMN 2

かくも残酷《ざんこく》なグリム童話

絶え間ない戦《いくさ》、宗教紛争《ふんそう》、疫病《えきびょう》、飢饉《ききん》、野獣《やじゅう》の襲《しゅう》撃《げき》、犯罪、公開処刑《しょけい》……常に死が身近にあった時代に生まれた口承文芸は、時に現代人の想像も及《およ》ばない残《ざん》酷《こく》さに彩《いろど》られることがあります。グリム童話もそこから免《まぬが》れ得ません。いくつか挙げておきましょう。

「歌う骨」――兄が橋の上で弟を殺し、その骨を埋《う》めた。骨は歌をうたって兄の仕打ちを世に知らしめ、兄は罰《ばつ》として生きたまま袋《ふくろ》に入れられて川に捨てられた。

「トルーデさん」――親の言いつけを守らない反抗的《はんこうてき》な少女は、行くなと禁じられた魔女《まじょ》トルーデの家へ行き、薪《たきぎ》に変えられて暖炉《だんろ》で燃やされてしまう。

「ねずの木」――息子が一人いる男と再婚《さいこん》した女は、自分の子が生まれると血の繋《つな》がらない息子が邪魔《じゃま》になって殺し、夫にその肉を食べさせる。

「麦わらと炭《すみ》と豆」――一本の麦わらと焼けた炭とソラマメが、貧しい家から逃《に》げ出して川まで来た。麦わらが橋になってやり、まず炭が渡《わた》ろうとしたが熱でわらが燃え、川に落ちてジュッと事切れる。ソラマメはそれが可笑《おか》しいと大笑いし、腹が裂《さ》けてしまった。

「白雪姫《しらゆきひめ》」――白雪姫《しらゆきひめ》を殺そうとした悪い継母《ままはは》は、最後に真っ赤に焼けた鉄の靴《くつ》を履《は》かされ、死ぬまで踊《おど》らされた。

第3講

昔話とファンタジー

昔話のはじまり

昔話はいかにも単純な装いをしています。口伝えなので耳で聴《き》いてすぐわかるよう言葉はやさしく、描写《びょうしゃ》はありふれ、登場人物の善悪は既定《きてい》のもので、重要なできごとはたいてい三度繰《く》り返される。ストーリー展開にも曖昧《あいまい》さは少なく、誰《だれ》もが容易に理解できます。

しかし実は、この誰《だれ》もが理解したと思ったところから、ほんとうの面白さが始まるのです。海面から見えている氷山が、下にその数百倍、数千倍の巨大《きょだい》な氷塊《ひょうかい》を隠《かく》しているのと同じで、昔話は語られている表面の背後に、なおまだ多くの秘密を隠《かく》しもっている。

昔話の誕生を考えてみましょう。

生き延びるための労働にあけくれていた時代の民衆は文字を読めず、芸術性の高い絵画や音楽に接する機会もほとんどありませんでした。しかし生きるということは、食べるだけの営みではありません。たとえささやかでも暮らしに潤《うるお》いを求めずにおれないのが人間です。厳しい日々の合い間にも、棒で地面に絵を描《か》き、口笛を吹《ふ》き、花を摘《つ》みます。何らかのまとまった筋立《すじだ》てを物語るという行為《こうい》も、そうして生まれました。自然に口をついて出たその飾《かざ》り気ない短い「お話」は、語り手の思いをストレートに伝えていたでしょう。その思いを共有する者が多ければ、やがて人から人へ語り継《つ》がれてゆきます。

伝言ゲームという遊びがありますね。最初にひとりが短い文を読み、次の人に耳打ちする。その人はまた次の人に、聴《き》いたとおりのことを伝える。さらに次、また次と、何人もの人を経て、最後の人が自分の聴《き》いた内容を発表し、どのていど最初の文と一《いっ》致《ち》するか、というよりむしろ、どれだけ最初の文とかけ離《はな》れてしまったかを確かめて興《きょう》じるゲームです。たった一語の言い間違《まちが》いで、次の展開が劇的に変わることもあり、傍《はた》から見ると非常に興味深い。

歳月《さいげつ》と移動が物語を育《はぐく》む

昔話の伝わってゆく過程も同じです。まず小さな話が生まれる。その単純な物語は、はじめはごく狭《せま》い共同体の中でのみ語られます。そこでの暮らしは誰《だれ》しも似たりよったりなので、喜びや悲しみや夢も大して変わりはなく、わずかな語彙《ごい》、乏《とぼ》しい表現、起伏《きふく》のないストーリーであっても、十分な共感を呼んだでしょう。やがて行商人《ぎょうしょうにん》や旅人などを介《かい》して他の共同体へ伝播《でんぱ》すると、その土地の実情に合わないものは変えられます（海辺の村では幸せを運ぶ生きものがカメだとしたら、山の村ではヒツジになる、といったように）。内容も少しずつ膨《ふく》らんだり削《けず》られたりして整ってゆく。伝言ゲームと同じ聞き間違《まちが》えや勝手な解釈《かいしゃく》ばかりでなく、話をさらに面白くしたい人の工夫で、とんでもない方向へ捻《ね》じ曲がることすらあります。

何十年、何百年という歳月《さいげつ》の積み重なりと、山越《やまご》え海越《うみこ》え国境《こっきょう》越《ご》えての空間移動で、物語は発酵《はっこう》し、豊かさを増してゆきます。さまざまな語り手のさまざまな思いが入り混じり、元の形がどうだったか、よくわからなくなるものもでてきます。

たとえば「ヘンゼルとグレーテル」*。飢餓《きが》の世で自分の子どもを泣く泣く森に捨てるしかなかった実の親の話だったのか。それとも冷たい継母《ままはは》の仕業《しわざ》だったのか。また兄妹がサバイバルする過程で殺したのはほんとうに魔女《まじょ》だったのか、それとも単に一人暮らしの親切な老婆《ろうば》にすぎなかったのか……。「桃太郎《ももたろう》」の鬼《おに》はどうでしょう？　共同体からはみ出した犯罪者だったのか、それともただ別の国で穏《おだ》やかに豊かに暮らしていた異邦人《いほうじん》にすぎないのか。前者であれば桃太郎《ももたろう》は正義のヒーローですが、後者であれば桃太郎《ももたろう》自身が侵略者《しんりゃくしゃ》ということになってしまいます。

昔話は多層的

このように口承物語は多面的な分析《ぶんせき》が可能です。一見、墨《すみ》の一刷毛《ひとはけ》で描《えが》いたような単純な構図なのに、拡大鏡を通すと凝《こ》った意匠《いしょう》が浮《う》かび上がってくる。幼いころは表にあらわれた部分、つまり上辺《うわべ》のストーリーを追うのに精一杯《せいいっぱい》かもしれません。もちろんそれだけで十分楽しい。でも長じて読み返すと、水面下の氷山の存在に気づ

＊「ヘンゼルとグレーテル」
『グリム童話集』に収められている。貧しい木こり夫婦がヘンゼルとグレーテルを森の中に捨てる。兄妹は森の中でお菓子《かし》の家にたどりつくが、そこに住む魔女《まじょ》につかまってしまう。兄を太らせてから食べようとする魔《ま》女《じょ》から逃《のが》れるため、妹は魔女《まじょ》を騙《だま》してパン焼きかまどに押し込《こ》んで殺し、兄と二人で無事帰宅する。

く瞬間《しゅんかん》がある。一つの言葉、一つの物が象徴《しょうちょう》する思いがけない事実、言い換《か》えれば、それらの背後にある歴史や文化、伝言ゲームの元の文章などが透《す》けてくる。いえ、それどころか、実際には幼いころからすでに裏に隠《かく》れたものの存在を、ぼんやりとではあっても、感じ取っていたことにも驚《おどろ》かされます。そこでようやく、自分がなぜ特定の昔話に強く惹《ひ》きつけられるのかがわかるのです。

人気のある昔話ほど意匠《いしょう》に凝《こ》り、多層的で魅力的《みりょくてき》です。世界中で長く愛されるには、いくつもの解釈《かいしゃく》が成り立つ多彩《たさい》な側面が必要だからです。そうでなければ、時代も場所も違《ちが》い、性も年齢《ねんれい》も違《ちが》う人々の心はつかめません。

「シンデレラ」が好例で、この昔話に魅了《みりょう》されたのが少女だけでなかったことは、数十作ものオペラやバレエや映画が作られたことや、世界中に膨大《ぼうだい》な数の研究書や論文が存在していることが証明しています。論文の書き手も昔話研究家にとどまらず、神話学、民俗学《みんぞくがく》、哲学《てつがく》、心理学、社会学といった幅広《はばひろ》い分野の専門家たちです。彼《かれ》らは皆《みな》シンデレラ物語の中に、自論を展開するための重要な要素を見出しているのです。

シンデレラ研究の嚆矢《こうし》は、十九世紀末にイギリスの民族学者コックス*が著《あらわ》した

『シンデレラ――三四五の異話』でした。タイトルからわかるとおり、コックスは三百四十五のシンデレラ類話を集め、分類しました。まだ索引《さくいん》方法が編《あ》み出される以前でしたから、たいへんな労作です。そのほぼ五十年後に、スウェーデンの民族学者ルースが、『シンデレラ・サイクル』を発表。ここには何と七百の昔話がシンデレラ類話に数えられています。

その後もシンデレラ関連書は刊行され続けていますが、どれを類話と定義するかは諸説あり、正確な類話数を確定するのはもはや不可能でしょう。そもそもルーツがあるのか（たとえば中国源流説）、それとも同時発生的に各地でいっぺんに生まれたのか。その議論もまだ決着していません。

ただしシンデレラ型昔話がヨーロッパばかりでなく世界中に点在していることは、誰《だれ》もが認めるところです。エジプトにも、インド、イラン、インドネシア、中国、メキシコ、そして日本にも（「鉢《はち》かづき姫《ひめ》*」や「米福粟福《こめぶくあわぶく》*」など）、およそありとあらゆる場所に、このサクセス・ストーリーのヒロイン及《およ》びそのそっくりさんはいたのです。

＊マリアン・ロアルフ・コックス

一八六〇～一九一六。イギリスの民俗学者《みんぞくがくしゃ》。世界中のシンデレラの類話三百四十五話を集めて分類し、一八九三年に刊行した。

＊「鉢《はち》かづき姫《ひめ》」

室町時代に成立したとされる御《お》伽草子《とぎぞうし》二十三編のうちの一話。作者不詳《ふしょう》。母の臨終に際して頭に鉢《はち》をかぶせられた娘《むすめ》は、継母《ままはは》によって家を追い出されるが、その鉢《はち》のおかげで幸せになる。

グリムが採取したドイツのシンデレラも、それら数多《あまた》のシンデレラの一人でした。他のシンデレラたちが忘れられ、あるいは次第に元の形を失っていったのに対し、グリムのシンデレラが今なお世界中で読まれ続けているのは、口承の原型を残しながらも高い文学性を保つという、グリム兄弟の絶妙《ぜつみょう》の配分が愛され続けた理由だということは、前章で書いたとおりです。

二人のシンデレラ——無力さとしたたかさ

改めてグリムとペローの違《ちが》いをまとめましょう。

グリムと違《ちが》い、ペローは昔話を書き記《しる》したのではなく自由に翻案《ほんあん》し、ファンタジー色の濃《こ》い楽しい読み物へ変えました。家事労働や復讐や残酷《ざんこく》さなど、リアルな現実の感じられる部分は省略しています。「三度の繰《く》り返し」もありません。繰《く》り返しは子どもが耳で聴《き》くには良いテンポでも、大人の読者には鈍重《どんじゅう》に感じられるため、軽快さが重視されたのです。

＊「米福粟福」

昔話。米福・粟福の姉妹のうち、継子《ままこ》の姉娘《あねむすめ》米福は、継母《ままはは》から水汲み、粟拾い、糸紡《つむ》ぎなど骨の折れる労働を課されて意地悪されるが、死んだ実母の霊《れい》に助けられ幸福になるという話。姉娘《あねむすめ》は幸せに、継母《ままはは》と妹娘《いもうとむすめ》は不幸に、という筋立てが一般的《いっぱんてき》だが、ときに妹の粟福が味方となって助けてくれるという役割の場合もある。

一方グリムには、ペローにおける強烈《きょうれつ》な魅力《みりょく》の源《みなもと》、「仙女《せんにょ》」「カボチャの馬車」「ガラスの靴《くつ》」「十二時のタイムリミット」がない。それらは素朴《そぼく》な庶民《しょみん》による口伝えから自然に生まれるようなものではなく、詩人ペローの豊かな想像力のみが産みだし得たのです。そしてまたこの違《ちが》いは、ある意味、フランス宮廷《きゅうてい》文化の華《はな》やかさと、ドイツ的な質実剛健《しつじつごうけん》ぶりとの差異なのかもしれません。

登場人物に関しては、グリム版のシンデレラと王子が抜群《ばつぐん》の行動力を見せるのに対し、ペロー版の個性不足は否《いな》めません。この宮廷風《きゅうていふう》シンデレラは徹頭徹尾《てっとうてつび》いい子で受け身を貫《つらぬ》き、どんなに舞踏会《ぶとうかい》へ行きたくとも、グリム版のように必死に何度も継母《まはは》に頼《たの》むことはしません。ただ陰《かげ》でそっと泣くばかり。しかしその無力さが愛らしさ女らしさに通じ、援助者《えんじょしゃ》があらわれたともいえます。

グリム版シンデレラは、よほどのことがない限り自力《じりき》で打開しようとします。母親の遺言《ゆいごん》——神に祈《いの》り、心がけをよくすれば救われる——を信じ、与《あた》えられた仕事を黙々《もくもく》とこなし、孤独《こどく》に耐《た》え、深く考え、知恵《ちえ》をつけ、粘《ねば》り強くチャンスを待ちます。舞踏会《ぶとうかい》へ連れていってもらえないとわかったとき、すぐハシバミの木に、こういうものが欲しい、と具体的に頼《たの》んだのは彼女《かのじょ》がそこまで成長した証《あかし》でもあります。

グリムのシンデレラには知恵《ちえ》と勇気があるのです。鳩小屋からうまく逃《に》げ出し、木登りまでやってのけました。王子の愛をしっかり摑《つか》んだのも、単に見かけが美しかっただけではなく、他の女性たちにはない凛《りん》とした個性があり、かつ逃《に》げれば追うという男性心理を知っていて駆《か》け引きに使うこともできたからでしょう。

王子もまた、シンデレラに勝《まさ》るとも劣《おと》らない知恵《ちえ》と行動力を示します。これと思い定めた美女を二度も捕《とら》えそこねた彼《かれ》は、帰り道の階段にタールを塗《ぬ》るという手段に出たばかりか、自ら靴《くつ》の主を探しに出かけます。ペロー版の王子が宮殿《きゅうでん》内にとどまり、シンデレラ探しを臣下《しんか》に丸投げしていたのとは何という違《ちが》いでしょう。

ヒロインとして愛されるのは

グリムを読むと、ペローやディズニーの古めかしい女性像に改めて気づかされます。太陽王の宮廷《きゅうてい》や一九五〇年代のアメリカにおける男性優位が、女性のあるべき姿を規定していたこともわかります。外部の助けが必要な、無力でなよやかな美女の姿です。対するグリム版シンデレラは、男性に伍《ご》して働かねばならなかった時代の庶民《しょみん》階級の女性、彼女《かのじょ》らが否応《いやおう》なく身につけた賢《かしこ》さとたくましさが未来を切り拓《ひら》く力となった姿そのものです。とうてい同じヒロインとは思えません。

さて、ではどちらのシンデレラが有名でしょう?

間違《まちが》いなく言えるのは、世界中の多くの人がシンデレラと聞いてイメージするのはペロー版の方です。グリム童話集はペローより一世紀以上も後発の上、当時のドイツ自体が後進国でしたから、各国語への翻訳《ほんやく》も遅《おく》れました。ディズニーがアニメ化する以前から、シンデレラと言えば、それはペローの他人任せのヒロインを指《さ》したのです。

グリム版には多くのシンボルが詰《つ》まり、奥《おく》も深いのですが、いわば玄人《くろうと》受けする内容と言えます。研究者の探求心を刺激《しげき》するのです。ペロー版の方はストーリー展開もすっきり整理されてわかりやすく、そこで完結しています。

では、二人のシンデレラを比べて、どちらがヒロインとして愛されているでしょう?

自主性がなく、受け身で自己主張もせず、みじめな境遇《きょうぐう》を変える努力すらしないペローのシンデレラか、それとも積極的で行動力があり、自己の持てる力を全て使って奮闘《ふんとう》の末、頂点に達したグリムのシンデレラか？

――ペローのシンデレラです（ディズニーはそれを知るがゆえに、グリムを使いませんでした）。何の行動も起こさず、成長もせず、棚《たな》から牡丹餅《ぼたもち》を待っている、まさにそのことこそが、シンデレラのヒロイン性であり、愛される理由なのです。

強い相手の横暴《おうぼう》に耐《た》える日々。非力《ひりき》な自分は泣くことでしか抵抗《ていこう》できないが、いつか奇蹟《きせき》が起こって全てが逆転し、復讐は果たされる……そんな夢。多くの人がこの物語に求める形がそれです。努力などせず叶《かな》う夢だから癒《いや》されるのです。努力は日常。夢でまで努力はしたくない。

そんなことでいいのでしょうか？

いいのです、ある程度の年齢《ねんれい》までは。

なぜなら、第2講でもお話ししたように、幼い子どもにとって周囲の世界は危険と敵意に満ちています。自分だけが迫害《はくがい》されている、しかもそんなひどい目にあうのは、自分が優れているため、嫉妬《しっと》されているためだ、だから今しばらく辛抱《しんぼう》すれば、自分は自分にふさわしい地位を与《あた》えられるはず……こうした夢をみられない子どもは、現実になぎ倒《たお》される危険があります。たとえその現実が、未熟な目に映るいびつな像にすぎなくとも、その子にとっての現実であることに変わりがないからです。それを克《こく》服《ふく》する一助として、シンデレラの夢の効用ははかりしれないものです。

では、大人になってまでそんな夢をみていてはいけないのでしょうか？

一時期のフェミニストが主張したように、白馬の王子を待っているだけという甘《あま》い考えではなく、自立しなければならないという意見もわからないではありません。

しかしそれでもやはり、子どもと同じく大人も、女性ばかりではなく男性も、そんな夢をみたいものです。良くないのは、現実と夢を区別できなくなること。夢に現実を侵食《しんしょく》されることであって、その境がはっきりわかっているのならば、いくらでも夢をみてかまわないのではないでしょうか。それこそが物語の醍醐味《だいごみ》なのですから。

COLUMN 3

オペラのシンデレラ

現存する最古のオペラが生まれたのは、関ヶ原の合戦と同じ一六〇〇年。初期にはもっぱら神話を原作に使っていました。やがて文学や歴史もの、さらに新作劇もと増えてゆくわけで、オペラ版「シンデレラ」が初めて作られたのは十八世紀半ばのようです。その後も資料から「シンデレラ」のオペラは二十作ほど作曲されたことがわかっていますが、楽譜《がくふ》はほとんど残されていません。ストーリー自体に人気があっても音楽的には受け入れられず、次々に消えていったということでしょう。

そうした中、現代まで途切《とぎ》れることなく世界中で上演され続けているのが、一八一七年初演のロッシーニ作曲『チェネレントラ（シンデレラのイタリア語）』。弾《はず》むようなリズムと美しいメロディに、笑いと諧謔《かいぎゃく》がブレンドされた喜歌劇で、ハシバミの木も白い小鳥も仙女《せんにょ》もカボチャの馬車もなく、ロッシーニ時代の南イタリアの現実社会が反映された作品です。

またオペラという音楽主体の芸術形式ゆえに根幹《こんかん》が大きく変更《へんこう》され、継母《ままはは》は継父《けいふ》となりました。継母《ままはは》のままだと序盤《じょばん》が女声ばかりで単調になりかねないところを、シンデレラがメゾソプラノ、継姉《ままあね》がそれぞれソプラノとメゾ、継父《けいふ》がバスで歌われることで、重層的なアンサンブルが心地良さを生みます。ちなみに王子はテノール。

魔法《まほう》がないとなると、シンデレラをどうやって舞踏《ぶとう》会《かい》へ行かせるか？　そこにオペラ独自の工夫が凝《こ》らされ、新たに王子の老教育係（バス）なる登場人物が創出されたのです。この老賢人《ろうけんじん》は未来の王妃《おうひ》にふさわしい女性を捜《さが》すため物乞《ものご》いに身をやつして家々を回り、心根のやさしいシンデレラを大いに気に入って身許を調べ、実母の階級が高かったと知るや、シンデレラのためにドレスや馬車を用意しました。

ロマンティストの王子は、政略結婚《けっこん》ではなく「愛ある結婚《けっこん》」に憧《あこが》れています。そこで従者（バリトン）を王子に変装させ、自分は従者のふりをして、それでも愛してくれる人がいるかどうか試そうとするのです。継父《けいふ》や姉たちが前者の気を惹《ひ》こうと躍起《やっき》になる一方、後者とシンデレラは互《たが》いに一目惚《ひとめぼ》れ。まもなく従者はほんとうの身分を明かして姉たちとのドタバタ劇を展開し、シンデレラは本当の王子に腕輪《うでわ》を渡《わた》して、ペアの腕輪《うでわ》を持つ女性が私ですと言って去ります。もちろん王子は（老教育係の助けを得て）シンデレラを捜《さが》しあて、ハッピーエンド。

靴《くつ》が腕輪《うでわ》になったのは残念ですが、前述のようなシチュエーションなので靴《くつ》を落として逃《に》げるわけにはゆきません。それでも肝心《かんじん》の点——シンデレラの辛《つら》い境《きょう》遇《ぐう》から幕が開くこと、身分が最初は高く、次いでどん底に落ち、最後はこれ以上ないほど高くなること、本人確認が持ち物で為《な》されること——がしっかり押《お》さえられ、観客はリアルなシンデレラ・ストーリーをたっぷり楽しめます。人気のある所以《ゆえん》でしょう。

第4講

物語は終わらない

授業を終えての生徒たちの感想

前講までが、筑波大附属《ふぞく》中学校三年生の有志二十二人（女子十四人、男子八人）を前に行った授業の全容です。終了《しゅうりょう》後、筆者からの次の質問に、一人ひとり答えてもらいました。

・授業後、シンデレラのイメージは変わりましたか？
・ペロー及《およ》びディズニーのシンデレラと、グリムのシンデレラのどちらが好きですか？

最初の質問に関しては、一人を除いて全員が「印象が大きく変わった」と答えています。ディズニーのシンデレラに幼いころから触《ふ》れてきて、そのイメージしかなかったため、グリム作品の内容に驚《おどろ》いた、という生徒がほとんどでした。「変わらない」と答えた男子は、自宅にあったグリム童話集を読んで知っていたからだそうです。とはいえ、「おとぎ話が時代や文化と密接に関係しているとわかったのが新たな発見でした」とのこと。

好きなシンデレラは八人がグリム、十四人がペロー。どちらを選ぶかに明白な男女比は見られませんでした。個々の感想を短くまとめてみました。

グリム派

- 「伏線《ふくせん》がたくさん張られていることや、話が現実的なところが興味深い」
- 「昔話の原型に近い方が人間の本質に迫《せま》っているようで、そういうのを研究する方が面白いと思った」
- 「シンデレラの忍耐力《にんたいりょく》がパワフル。王子も個性がある。ペローの話に慣れていたが、グリムの方が新鮮《しんせん》」
- 「やられたらやり返すという、庶民《しょみん》にもわかりやすい話で子どもにも夢がある」
- 「ディズニーにおける美醜《びしゅう》について詳《くわ》しく知ることができてよかった。グリムは初めて聞いたせいか、もっと知りたくなる」

・「小さな子どもにはバッドエンドではないペローの方がいいと思うが、自分は背景にいろいろあるグリムのほうが好き」

・「継母《ままはは》が姉に足の指を切ってしまいなさいと言うなど、人間的だ。グリムは子どもにマイナス・イメージを与《あた》えるという意見もあるが、中学生なら新しい視点も持つべきだと思った」

・「今までシンデレラは単純なおとぎ話と思っていたが、意外に深いのがわかった。グリムの方が好きなのは、やはり復讐しないのはおかしいと思うから」

ペロー及《およ》びディズニー派

・「ディズニーはほんとうにいい映画だと思っている」

・「シンデレラは子どもだましのように感じていたが、その中に長い歴史などが反映され、たくさんのメッセージがこもっていると知った。それをちゃんと継承《けいしょう》してゆくのが鍵《かぎ》になると思うので、子どもの印象に残るペローの方がいい」

・「グリムに比べて筋が通っていて、お話として聞くぶんには面白い」

・「今日の授業で一番印象的だったのは、実母と継母《ままはは》と白い鳥が同じではないかという説。好きなのは、ディズニーが身近なのでペローの方」
・「あまり深くない物語と思っていたのに、いろんなものが盛り込《こ》まれているのに驚《おどろ》いた。どちらを好きかは難しいが、自分で創作したペローは凄《すご》いと思う」
・「これまでは『どうせ美人だし』とか『どうせ夢物語だし』の一言で終わらせていたが、授業で時代背景などを知ると現実感が増し、自分たちに伝えようとしている気がした。その意味でグリムよりペローの方が、子どもたちが自分からどんどん伝えてゆくと思う」
・「ひとつひとつに意味や理由があり、小さな子には全部わからないにせよ、奥《おく》が深いと思った。ペローのほうが好きなのは、魔法《まほう》がでてきて楽しいので、みんなに話が繋《つな》がってゆくから」
・「おとぎ話と歴史が結びつくとは考えていなかった。なぜ復讐しないのか不思議だったが、ペロー時代の宮廷《きゅうてい》作法などが関係していると知り、そこに惹《ひ》かれた」
・「ハッピーエンドや魔法《まほう》があるから親しまれてきたと思っていたが、厳しい環境《かんきょう》に生きていた子どもたちに希望を与《あた》えるものだから長い間愛されてきたとわかった。ドキドキする展開があってペローの方が好き」

・「グリムには現実味があるが、好きなのは昔からなじんできたペロー」

・「カボチャのシーンなど、ドキドキワクワク感があり、子どもには向いている」

・「下からのし上がったり復讐したりという危険味のあるドロドロした感じも良いとは思うが、ペローのきれいな夢物語に憧《あこが》れていたい」

・「授業によって今までモヤッとしていたことが鮮明《せんめい》になった。シンデレラは『完成されたお姫様《ひめさま》』であまり好きではなかったが、逆にそれがシンデレラの魅力《みりょく》じゃないかと思うようになった」

・「深い話だということがわかり、もう一度読み返してみたくなった。グリムには人間の残酷《ざんこく》さが入っているなど面白いが、シンデレラには夢や憧《あこが》れのままでいてほしいのでペローの方が好き」

——こうしたジャンルに関心のある生徒たちばかりとはいえ、そのしっかりした発言の数々を聞いて、中学三年生ともなると人生経験こそ足りないながら、すでに充《じゅう》分《ぶん》大人なのだとよくわかります。江戸《えど》時代であれば男子は元服*する年齢《ねんれい》だし、女子は近代までたいてい十五歳《さい》くらいで結婚《けっこん》（マリー・アントワネット*は十四歳《さい》）しました。シンデレラも似たような年ごろだったのは間違《まちが》いありません。この時期は少女が初潮《しょちょう》を迎《むか》え（つまり妊娠《にんしん》可能になり）、蛹《さなぎ》から蝶《ちょう》へドラマティックに変わる境目《さかいめ》でもあるからです（その意味でもディズニーのシンデレラの外見は、日本人の目には完全に成熟した大人の女性にしか見えず、少なからぬ違和感《いわかん》を覚えます）。

ディズニーの影響力《えいきょうりょく》

はじめ生徒たちがシンデレラに抱《いだ》いていたイメージは、日本人の平均的感想と言えるものでしょう。十数年前になりますが、二大学でアンケートを取ったことがあります。理工学部の学生三クラス百二十人（そのうち二十人ほどが女子）と音楽大学の女子学生七十人でした（前者はグリムの原文をドイツ語で読む授業のため、後者はロッ

＊元服

男子が成人になったことを示す儀式《ぎしき》。十一～十六歳《さい》で行われ、髪《かみ》を結《ゆ》い、服を改める。それまで名乗っていた幼名を廃《はい》して、実名を名乗ることになるが、この際に有力者の名から一字いただいて成人名とする慣習があった。その役を引き受けてくれる有力者がいわば後見人で、キリスト教圏《けん》の名付け親とある種通じるものがある。

＊マリー・アントワネット

一七五五～九三。ハプスブルク家の神聖ローマ皇帝《こうてい》フランツ一世とオーストリア女帝《じょてい》マリア・テレジアとの娘《むすめ》。一七七〇年、政略結婚《けっこん》によりブルボン王家の王太子ルイの妃《きさき》となり、一七七四年、王太子がフランス国王ルイ十六世として即位《そくい》したことに伴《ともな》い王妃《おうひ》となる。ヴェルサイユ

シーニ＊のオペラ『チェネレントラ（シンデレラのイタリア語）』解説のため）。アンケートの文面は「シンデレラについて知っていることを全て書きなさい」。

予想どおり、この昔話に対する関心も共感度も女性のほうが圧倒的《あっとうてき》に高く、細《こま》かいところまでよく覚えていました。他に男女差がはっきり表れたのは、王子の手元に残った靴《くつ》への疑問です。男性の四分の一が「魔法《まほう》が解けたのに、なぜ靴《くつ》だけ残るか納得できない」と記していました。これは理系の学生ということもあったかもしれません（ちなみに女性で疑問を呈《てい》した人はゼロでした）。今回の中学生でも一人の男子が靴《くつ》を気にしつつも、「童話だから矛盾《むじゅん》があるのだろう」と、それ以上追及《ついきゅう》はしていません。

またシンデレラを本名と信じていた大学生の割合は、男女合わせて三分の一近くいました。身分への認識も「貧しいので金持ちの家で働いている」との思い込《こ》みが同程度ありました。こうした肝心《かんじん》な点が不正確にもかかわらず、驚《おどろ》くべきことに、「魔法《まほう》による変身」「カボチャの馬車」「ガラスの靴《くつ》」「十二時のタイムリミット」「王子と結《けっ》婚《こん》」、この五つのキーワード全てを挙《あ》げた学生が八割近くに達したのです。「興味がないので覚えていない」という男子学生すら、このうちの二つか三つを挙げることがで

の豪華《ごうか》な宮廷《きゅうてい》生活を享受《きょうじゅ》した浪《ろう》費《ひ》家としてフランス国民の反感を買い、一七八九年のフランス革命後に、王と同様、ギロチンで処刑《しょけい》された。

＊ロッシーニ

一七九二〜一八六八。十九世紀初めのイタリア・オペラ界の黄金時代を築いた作曲家。ボローニャの音楽学校で学び、卒業の年には早くもベネチアでオペラを発表。以後、シラーの戯曲《ぎきょく》による『ウィリアム・テル』（パリで初演）に至るまで、三十八曲のオペラを発表した。シンデレラのオペラに関しては、本書106ページ参照。

きました。

いかにシンデレラが人口に膾炙《かいしゃ》しているか、というよりむしろ、いかにディズニーのシンデレラが日本に浸透《しんとう》しているかの証《あかし》と言えます。ディズニーの名に触《ふ》れていた学生は全体の半数もいたのに、グリムやペローに言及《げんきゅう》した者は一割しかいなかった。甚《はなは》だしいのは、シンデレラの原作者がディズニーだと思っている者が一定数いたことです。

語り継がれてきた理由

筑波大附属《ふぞく》中学校の生徒たち複数も発言していたように、ディズニー（つまりペロー）が創りだした夢のあるシーンこそ、この童話を後世へ伝えてゆく上での重要な要素だったと思われます。先述した五つのキーワードのうち、グリムにあるのは最後の「王子との結婚《けっこん》」のみ。もしペロー作品がなければ、ディズニーはグリムを元にシンデレラを製作したでしょうか。したとしても大幅《おおはば》な変更《へんこう》が考えられます。もちろん昨今のハリウッドの童話実写化の流行で、グリムの寄りの「行動するシンデレラ」映画も作られてはいます。けれどどれもまだ昔のアニメ作品を凌駕《りょうが》する人気は得られていません。

そこから推測できるのは、現代の私たちがこのヒロインに求めているのは、彼女《かのじょ》の知恵《ちえ》や宗教心、努力や行動力などではないということです。シンデレラには、無条件のラッキーぶりが期待されているのです。

いつか幸運がめぐってくるとの楽観主義と、いつか大変身して周りを見返す時がくるという自己肯定《こうてい》。我慢《がまん》はしても、現状を変えるための自己主張や行動には至らず、成長も奮闘《ふんとう》もしない、しなくとも最大級にハッピーになる――これこそ普通《ふつう》の人間の夢でなくて何でしょう。社会や学校や家庭で自分を異分子と感じ、疎外感《そがいかん》に苛《さいな》まれ、不当ないじめに耐《た》えている子どもたち大人たち、老若男女に、この物語がみせてくれる夢はやはり貴重です。

今よりはるかに寿命《じゅみょう》の短かった時代の庶民《しょみん》の間で生まれたシンデレラ伝承が、グリム兄弟によって丹念《たんねん》にまとめあげられ、また宮廷《きゅうてい》詩人ペローの筆で洗練されて、どちらも子どもだけでなく教養人にも読むに堪《た》える文学となりました。やがて動画という画期的な技術の進歩により、ディズニーが砂糖とクリームをたっぷりまぶしたミュージカル・アニメ映画として、世界中にばらまいたわけです。

甘《あま》ったるすぎるアメリカのお菓子《かし》ディズニー版、気取ったフランス宮廷風《きゅうていふう》を貫《つらぬ》き、変身願望を満たし華《はな》やかな楽しさあふれるペロー版、地味ながら発生時の象徴性《しょうちょうせい》を色濃《いろこ》く残したグリム版、三者を比較《ひかく》し、シンデレラ誕生と発展の過程を追うのは興味深く、物語の持つ、汲《く》めども尽《つ》きぬ魅力《みりょく》に改めて気づかされます。

「疑うこと」から始まる

最後にもう一つ、この授業を通してお伝えしたかったことがあります。それは何であれ表面に見えていることだけで判断するのではなく、その裏側に隠《かく》されたものはないだろうかと常に疑ってみることの重要さです。

自明《じめい》と思えることが、相手にはそうでない場合があります。たとえば日本の昔話に

は、「おじいさんは山へ柴刈《しばか》りに行きました」で始まるものがありますね。しかしこの一文をドイツ語に直訳しても、ドイツ人には通じません。なぜなら彼《かれ》らにとっての山とはアルプスのように、木など生えていない岩山を思い浮《う》かべることが多いからです。そんな場所で老人が燃料用の雑木《ぞうき》を集めなければならないとは、どれほど気の毒な状況《じょうきょう》かと誤解されてしまいます。ドイツ人に理解してもらうには「森」と言わねばなりません。そこで初めて日本人とドイツ人はイメージを共有できるのです。

現代人同士でさえこうなのですから、まして何百年も昔から伝わる外国の昔話、そこに描《えが》かれた世界は、どれほど今と異なることでしょう。現代日本の常識で見ていては気づかない事実や人々の思いがあるということを、昔話だけでなく、絵画を見るときも本を読むときも忘れないでいることが大切だと思うのです。

同じく、「これが事実」と示され、皆《みな》が信じていることも、もし興味があって調べてみようと思っているなら、まずは確認作業から始めるとよいでしょう。

二〇一七年の美術展『怖《こわ》い絵展』で日本初公開されたドラローシュ*の傑作《けっさく》『レディ・ジェーン・グレイの処刑《しょけい》』には、こんな劇的な逸話《いつわ》があります。かつてこの絵はロンドンのテート美術館に所蔵されていましたが（現在はロンドン・ナショナル・ギャラリー蔵）、テムズ川の氾濫《はんらん》によって多くの絵画といっしょに流失ないし壊滅《かいめつ》的破損をしたと思われ、公式にもそう発表されました。しかしそれから四十五年後の一九七三年、この美術館にひとりの学芸員、テムズ川の氾濫《はんらん》が起きたときにはまだ生まれていなかった若者が、新しく赴任《ふにん》してきます。彼《かれ》は公式発表に疑問を持ちました。流失したのか、致命的《ちめいてき》な破損を受けたのか、どっちなのだ。誰《だれ》も探してもいないのに、無くなったとどうしてわかるのだ、誰《だれ》も見てもいないのに、破損したとどうしてわかるのだ……。こうして彼《かれ》は美術館の一室に丸めて放っておかれていた多くのキャンバスを片端《かたはし》から広げてゆきます。失われたと思われていた作品の数々が、ほとんど無傷であらわれました。その中に『レディ・ジェーン・グレイの処刑《しょけい》』も眠《ねむ》っていたのです。

素晴らしいエピソードだとは思いませんか。研究に限らず、何であれ、前提が正しいかどうか、思い込《こ》みを持って見ていないかどうか、表層だけ見てわかった気になっていないか、そうした思考過程が生きる上でも役に立つと思います。

シンデレラ民話は必要に迫《せま》られて誕生し、その必要性が何世紀にもわたって続いて

＊ポール・ドラローシュ
一七九七〜一八五六。フランスの画家。一八二二年にサロンへデビューして以後、歴史画にロマン主義的な味わいを盛り込《こ》んで名声を博した。左の画が『レディ・ジェーン・グレイの処刑《しょけい》』（一八三三年）。

いるがゆえに、語りつぐ人々、研究する人々が絶えませんでした。現代日本はどうか。インターネットやSNSに時間を取られすぎ、視覚文化ばかりが肥大《ひだい》して活字を読む力が弱まり、ひいては想像力が減退してきたと言われます。今こそ物語の復権《ふっけん》が必要な時代なのではないでしょうか。シンデレラも、一度アメリカ的映像から離《はな》れ、自分だけのシンデレラ世界を構築してみてはどうでしょう。

2017 年7月6日に筑波大学附属《ふぞく》中学校で行われた授業で、生徒達 22 名と

シンデレラ関連作品1

映画

MOVIE

ディズニー・プロダクションが一九五〇年に公開したアニメーション映画『シンデレラ』は、口ずさみやすいメロディーの数々と、小動物たちの活躍《かつやく》、継母《ままはは》が仕事を言いつけるのに対して不満げに「Yes, Stepmother」と答え、洗《せん》濯物《たくもの》の山を抱《かか》えて足でドアを開け閉めするアメリカンガールらしさ、動物たちとともに歌う朗《ほが》らかな声（それまでのイメージでは家の隅《すみ》で声も立てずにひとり雑役《ざつえき》に従事する娘《むすめ》だった）など、ひときわ印象的なヒロイン像が構築された。

その後の続編『シンデレラII』（二〇〇二年）では、ハネムーンも済んだ後のシンデレラが、王宮の作法係が指示する礼儀《れいぎ》作法の古臭《ふるくさ》さに異議を唱えるエピソード（第一話）や、継姉《ままあね》のアナスタシアがパン屋の主人に恋心《こいごころ》を抱《いだ》くが母と姉に邪魔《じゃま》される話（第三話）が描《えが》かれる。さらに『シンデレラIII　戻《もど》された時計の針』（二〇〇七年）では、王子とシンデレラと名付け親が結婚《けっこん》記念日を祝う様子を覗《のぞ》き見していたアナスタシアが、魔《ま》法《ほう》のいきさつを知ったうえに、偶然《ぐうぜん》魔《ま》法《ほう》の杖を入手する。すると継母《ままはは》は杖を使って時計を一年前に戻《もど》し、ガラスの靴《くつ》をアナスタシアのサイズにして王子との結婚《けっこん》を画策。シンデレラは魔《ま》法《ほう》の力にうちかって王子の心を取り戻《もど》さねばならない羽目に陥《おちい》る。

『ベティ・ブープのかわいそうなシンデレラ』（一九三四年、フライシャー・スタジオ製作）は、十分ほどの映像ながらマルチプレーン・カメラで撮影《さつえい》された三次元的奥行《おくゆき》をもつ秀作《しゅうさく》。セックス・シンボル的なキャラクターとして人気者だったベティのアニメ唯一《ゆいいつ》のカラー作品である。

一九九八年公開の『エバー・アフター』（二〇世紀フォックス）は十六世紀フランスが舞台《ぶたい》。貴族の老女（この人がシンデレラの玄孫《げんそん》）がグリム兄弟にフランスの王妃《おうひ》の物語を聞かせるという設定で描《えが》かれる。シンデレラに相当するヒロインの名はダニエル（ドリュー・バリモア）。メイドとしてこき使われるなかフランス王子ヘンリー（ダグレイ・スコット）と出会って惹《ひ》かれ合い、王子はスペイン王女との政略結婚《けっこん》をふりきってダニエルを舞踏会《ぶとうかい》に招待するが……。すったもんだののち、二人は末長く幸せに（ever after）暮らす。「モナ・リザ」を抱《かか》えたダ・ヴィンチも登場。

ディズニーは実写版『シンデレラ』（二〇一五年）も製作。リリー・ジェームズ演じるヒロインの名は「エラ」、灰まみれのエラだから「シンデレラ」というあだ名という設定になっている。アニメ版に忠実に動物も活躍《かつやく》するが、エラと王子が事前に知り合っていたり、王子に政略結婚《けっこん》の話があるなど、細部に掘《ほ》り下げが施《ほどこ》されている。

『エバー・アフター』（監督：アンディ・テナント／1998年公開／日本コロムビア）

シンデレラ関連作品 2

オペラ

OPERA

シンデレラを題材としたオペラで最も知られているのはロッシーニ作曲（台本はフェレッティ）の『**チェネレントラ**』である。『セヴィリアの理髪師《りはつし》』で大成功を収めたロッシーニが、その翌年、二十五歳《さい》の時に書いたイタリア・オペラで、チェネレントラとはシンデレラのイタリア語読みである。舞台《ぶたい》は十八世紀の南イタリアの田舎町で、二人の義理の姉がいるところは童話と同じだが、最も異なるのは、継母《ままはは》が継父《けいふ》になっているところと、魔法《まほう》が出てこないところ。さらにはガラスの靴《くつ》も登場せず、代わりに腕《うで》輪《わ》が目印の役割を果たす。

当時人気のあった「変装」という設定が効果的に使われており、たとえば、王子の教育係（賢者《けんじゃ》）が物乞《ものご》いに化けてやってくると、継姉《ままあね》は追い払《はら》おうとするが、チェネレントラはこっそり食べ物を恵《めぐ》んであげる。一方、王子は従者と衣装を交換《こうかん》して身分を偽《いつわ》って現れるので、継姉《ままあね》たちはしきりに従者に色目を使って自分を売り込《こ》もうとする。その間に、みすぼらしい姿のチェネレントラと従者に変装した王子が恋《こい》に落ちるという次第。

そしてチェネレントラに舞踏会《ぶとうかい》に着ていく美しい衣装を用意してくれるのは、物乞《ものご》いに変装して王子の理想の花嫁《はなよめ》を探していた王子の教育係である。ところが、せっかく舞《ぶ》踏会《とうかい》に行けたのに、従者（の姿をしていた王子）に恋《こい》をしたチェネレントラは、王子（じつは従者なのだが）からの求愛さえも断るのである。もちろん最後は本物の王子とめでたく結ばれて、チェネレントラが華麗《かれい》なアリアを歌いあげて幕となる、オペラ・ブッファ（喜劇）の楽しさが味わえる作品。一八一七年、ローマ、ヴァッレ劇場初演。

　童話の筋立てにかなり忠実なのはマスネ作曲（台本はカーン）の『**サンドリヨン**』。物語も曲もロマンチックで、名付け親の妖精《ようせい》もガラスの靴《くつ》も登場する。通常影《かげ》の薄《うす》い実父が、再婚《さいこん》の失敗を嘆《なげ》き、娘《むすめ》を惨《みじ》めな境遇《きょうぐう》から救い出そうと心を配る人物として描《えが》かれている。一八九九年、パリ、オペラ・コミーク座初演。

マスネ作曲『サンドリヨン』の初演ポスター（エミル・ベルトラン画）

シンデレラ関連作品3

バレエ

BALLET

シンデレラを題材にしたバレエ作品は多岐《たき》にわたり、時代設定もストーリーも様々だが、ほぼすべてプロコフィエフ作の楽曲が使われている。つまり各国のバレエ団の振付《ふりつけ》家《か》が、同じ音楽をもとにして全く異なる内容のシンデレラ・ストーリーを生み出しているのである。

プロコフィエフ作曲の初演は**ザハーロフ**振付《ふりつけ》によるボリショイ劇場（当時のソ連）で一九四五年。翌年にはキーロフ・バレエ（ソ連）で**セルゲイエフ**版が上演された。

一九四八年には、イギリスの振付家《ふりつけか》として初めての全幕バレエの創作となった**アシュトン**による作品が、現在のロイヤルバレエ団（英国）で上演された。主役のシンデレラは映画『赤い靴《くつ》』でも有名になったモイラ・シアラー（当初予定されていた花形ダンサーのマーゴ・フォンテインのケガによる大抜擢《だいばってき》）。物語の序盤《じょばん》に、ぼろをまとった老婆《ろうば》が訪ねてくると、継姉《ままあね》たちは冷たくあしらうがシンデレラは食べ物を恵《めぐ》んであげる。そして舞踏会《ぶとうかい》に行けずに悲しく箒《ほうき》を相手に踊《おど》るシンデレラの前にふたたび老婆《ろうば》が現れるが、マントを取るとその姿は美しい仙女《せんにょ》で、魔法《まほう》によってシンデレラを舞踏会《ぶとうかい》へ向かわせる。ちなみに継姉《ままあね》二人は男性舞踊手《ぶようしゅ》が務め、英国パントマイム劇の流れを汲《く》むコミカルで憎《にく》めない役となっている（継母《ままはは》は登場しない）。アシュトン版は童話の趣《おもむき》を忠実に再現しており、カボチャの馬車も、ネズミの御者《ぎょしゃ》も、ガラスの靴《くつ》も登場し、日本の新国立劇場バレエでも上演される親しみやすい作品である。

ヌレエフがパリ・オペラ座で振《ふ》り付けたシンデレラ

（一九八六年）は、一九三〇年代のハリウッドが舞台《ぶたい》。映画スターを夢見る女性の物語となっており、当時評判の映画『ビリー・ザ・キッド』のポスターを眺《なが》める場面や、取り残されて一人踊《おど》るシンデレラがチャップリンの真似をするシーンも。仙女《せんにょ》の代わりとなるのは、ケガを介抱《かいほう》してあげた映画プロデューサー。実子を映画界に売り込《こ》む継《まま》母《はは》は男性舞踊手《ぶようしゅ》がトウシューズを履《は》いて演じる。

ほかに、シンデレラの母の葬列《そうれつ》から話が始まるハンブルク・バレエの**ノイマイヤー**版（一九九二年）は登場人物の内面の成長を描《えが》く物語。マイヨー振付《ふりつけ》（一九九九年）のモンテカルロ・バレエ団は王子が足フェチぶりを発揮するだけでなく、全体にけれんみたっぷりで風刺《ふうし》が効《き》いている。チューリッヒ・バレエの**シュペルリ**版（二〇〇〇年）のヒロインは母を亡くしたバレリーナ。挫折《ざせつ》を乗り越《こ》えてスターダンサーのパートナーに選ばれるという、まさにシンデレラ・ストーリーになっている。

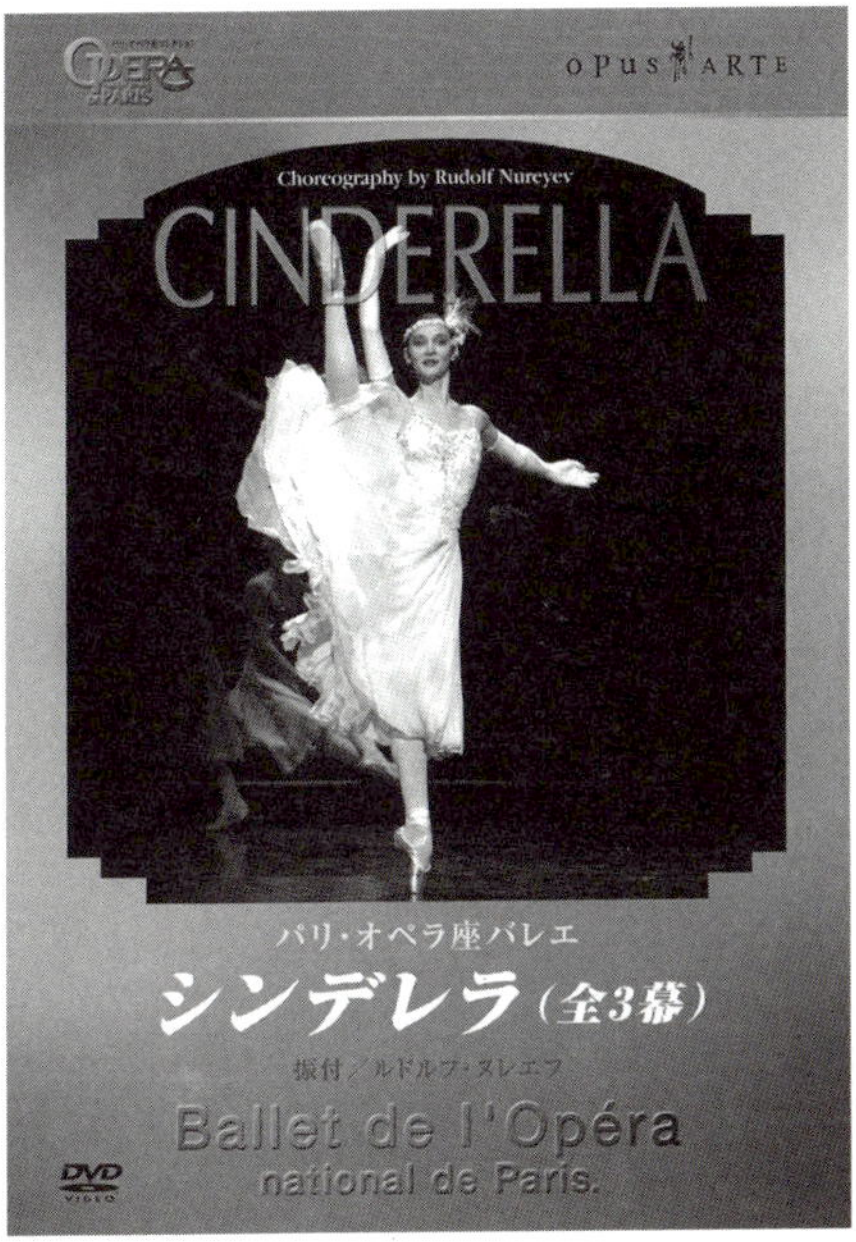

パリ・オペラ座バレエ『シンデレラ』（ルドルフ・ヌレエフ振付《ふりつけ》／アニエス・ルテステュ主演／2008年公演）／20世紀フォックス・ホーム・エンターテインメント・ジャパン）

シンデレラ関連作品 4

ミュージカル

MUSICAL

かつての新宿コマ劇場では、概《おおむ》ね夏休みの時期に親子連れを観客層に想定した東宝による公演が催《もよお》されてきた。ヒロインには酒井法子《さかいのりこ》（一九九五年）をはじめ、宝塚《たからづか》歌劇団退団後の元娘役《もとむすめやく》をキャスティング。また閉館間際の二〇〇八年八月にはモーニング娘《むすめ》。と宝塚《たからづか》歌劇団専科および卒業生による女性のみの公演も行われた。ここで使用されていたのが、ミュージカル界の大御所《おおごしょ》、リチャード・ロジャース作曲とオスカー・ハマースタイン＝世脚本《きゃくほん》作詞の楽曲である。

そのオリジナルは一九五七年にCBSテレビで生放送されたもので、主演のシンデレラはジュリー・アンドリュースだった。全米で一億人が視聴《しちょう》したと言われ、テレビ版放送後各地で舞台版《ぶたいばん》も上演された。その後、一九六五年にもレスリー・アン・ウォーレン主演のテレビ・ミュージカルとしてリメイクされて、これは録画放送であったためカラー映像が残っている。

さらに一九九七年には、シンデレラ役にブランディ、魔《ま》法《ほう》使いにホイットニー・ヒューストン、継母《ままはは》にバーナデット・ピーターズ、王子にパオロ・モンタルバン、王妃《おうひ》にウーピー・ゴールドバーグと多人種キャストのテレビ・ミュージカルが製作され、現代アメリカらしさをアピールした。これを元にした舞台版《ぶたいばん》も全米各地で上演された。

ブロードウェイ上演版が作られたのは二〇一三年。新脚本《きゃくほん》によるもので、父母を亡くした王子が悪大臣によって圧政をしむけられていたところを、シンデレラによって気付かされるという筋立てが加わっている。

日本のオリジナルでは鴻上尚史《こうかみしょうじ》脚本《きゃくほん》、武部聡志音楽、斉《さい》藤由貴《とうゆき》作詞の『シンデレラ・ストーリー』（二〇〇三年初演）が、奇想《きそう》天外なストーリーを芸達者なキャストで見せる作品として楽しめる。

またブロードウェイ・ミュージカル『イントゥ・ザ・ウッズ』（一九八七年初演。作詞作曲ソンドハイム）には、赤ずきん、狼、ラプンツェル、ジャック、王子、シンデレラ等、グリム童話の登場人物が勢ぞろいするが、一幕で「めでたしめでたし」で幕を下ろした後、二幕で展開するその後のお話がメインテーマ。シンデレラと結婚《けっこん》した王子は見境《みさかい》なく女性を口説《くど》く男性で、さっそくパン屋のおかみに手を出す始末。さてこのあとヒロインたちはどういう人生を歩んでいくのか。二〇一四年にはディズニーで映画化もされたので、舞台《ぶたい》とはやや味わいが異なるが、難曲揃《ぞろ》いのソンドハイムを堪能《たんのう》できる。

王子と踊《おど》るシンデレラ
（ジュリー・アンドリュース）

シンデレラ関連作品
5

絵本

PICTURE BOOK

シンデレラの絵本はディズニーアニメを元にした作品だけでも、大判のものから幼児が扱いやすい小さなものまでさまざまに出版されている。しかも、ディズニーと無関係のものでも、子どもが抱《いだ》いているキャラクター像を重視してか、ディズニー風味の絵本が多く目に入る。

一方、先入観や固定観念に囚《とら》われない、自由なイメージの広がりをもつ挿画《そうが》も数々描《か》かれている。本格的な絵本を手に取ってみれば、小太りの陽気なおばさんとはまったく異なる、美しい仙女《せんにょ》の姿に目を見張るはず。一生の宝物として手元に置いておきたくなる一冊に、ぜひ出会ってほしい。

『シンデレラ』

東逸子／絵　天沢退二郎／訳　一九八七年　ミキハウス

岩波少年文庫『ペロー童話集』でもおなじみの天沢退《あまざわたい》二郎《じろう》訳に、東逸子《あずまいつこ》の気品ある絵が、光の粒《つぶ》をちりばめたように美しい一冊。この世ならぬ雰囲気《ふんいき》を漂《ただよ》わせる仙女《せんにょ》、その輝《かがや》く魔法《まほう》の杖と同じきらめきを放つドレスの豪華《ごうか》さと、ガラスの靴《くつ》の繊細《せんさい》さが、まさに一夜の夢と感じさせる味わい。

『シンデレラ』

安野光雅／文・絵　二〇一一年　世界文化社

一九七四年に発行された童謡《どうよう》絵本シリーズ「ドレミファランド」に掲載《けいさい》されたものの復刻版。安野光雅《あんのみつまさ》ならではのこまやかでシックな色遣《いろづか》い、秀逸《しゅういつ》な構図。そして隠《かく》し絵のように各ページに描《えが》き込《こ》まれた魔法《まほう》使いのおばあさんを探してみるのも楽しい。

『天野喜孝名画ものがたり シンデレラ』

天野喜孝／絵　木村由利子／訳　二〇一七年　復刊ドットコム

耽美的《たんびてき》な筆遣《ふでづか》いで描《えが》かれたシンデレラ。「ひかりのくに名作・昔話絵本」シリーズの一冊として、一九八八年に出版されたものが、復刊リクエストによって再発行された。元々子ども向けの絵本として世に出たとは思えないほどの、つめたい美しさに息をのむ作品。

『シンデレラ』

アーサー・ラッカム／絵　C・S・エヴァンス／編
安達まみ／訳　一九九五年　新書館

一九一九年にイギリスで出版されたエヴァンス編のこの物語の主人公の名はエラ。大きな邸《やしき》に住む男爵《だんしゃく》の娘《むすめ》で何不自由なく暮らしている。ところが十一歳《さい》のときに母が亡くなると扱いに困った父親はエラを寄宿学校に入れてしまう。そして二年経ってやっと家に戻《もど》ってみると、継母《ままはは》と継姉《ままあね》が我が物顔で住みついており、エラは灰かぶり（シンダーエラー＝シンデレラ）と呼ばれるようになるのだ。

ラッカムはイギリス黄金期を代表する挿絵《さしえ》画家で、数《あま》多《た》の幻想的《げんそうてき》な妖精画《ようせいが》で知られるが、この本では扉《とびら》ページのみがラッカムらしい一葉《いちよう》で、ほかはすべて影絵《かげえ》で描《か》かれている。しかし影絵《かげえ》なのにどれも表情豊かで躍動感《やくどうかん》があり、お話も綿密なので読み応《ごた》えがある。絵本というより読み物であるが、絵もふんだんで、影絵《かげえ》一枚一枚をじっくり眺《なが》めてみるとこまかな発見があって奥《おく》の深い作品である。

『シンデレラ　または、小さなガラスのくつ』

ペロー童話　エロール・ル・カイン／絵　中川千尋《ちひろ》／訳　一九九九年　ほるぷ出版

シンガポールに生まれイギリスで活躍《かつやく》する「イメージの魔術師《まじゅつし》」ル・カインが一九七二年に発表した絵本。独特なタッチ、独特な色合い、驚《おどろ》くほど緻密《ちみつ》な作画に、思わず顔を近づけて見入ってしまうような作品である。

『シンデレラ』

バーバラ・マクリントック／再話・絵　福本友美子／訳

アメリカの絵本作家、マクリントックによる二〇〇五年の作品。人物の表情などはやや漫画《まんが》チックなのだが、ヴェルサイユ宮殿《きゅうでん》やパリ・オペラ座をモデルに描《えが》いたというだけあって、継姉《ままあね》たちの寝室《しんしつ》の調度品や馬車や宮殿《きゅうでん》、登場人物の衣装や髪形《かみがた》がルイ十四世時代を再現していて面白い。ほとんどの場面に画家の愛猫《あいびょう》ピップが描《えが》き込《こ》まれているのも、ご愛敬。

『CINDERELLA』

K.Y.CRAFT　二〇〇〇年　Chronicle Books

日本に生まれてアメリカで活躍《かつやく》するキヌコ・ヤマベ・クラフトによる作品。アーサー・ラッカムの「妖精《ようせい》の本」とアンドリュー・ラングの「あおいろの童話集」のシンデレラを参考にしたオリジナルストーリーで、以前に助けてあげた小鳥がフェアリー・ゴッドマザーに姿を変えて、シンデレラに魔法《まほう》をかけてくれるという筋立てとなっている。

ダ・ヴィンチなどの影響《えいきょう》を受けたというイラストは、ルネサンスのイタリア絵画を眺《なが》めるような豪華《ごうか》な趣《おもむき》。ドレスのひだ飾《かざ》りから、ヘア・アクセサリーの意匠《いしょう》の細部にいたるまで、質感さえも伝わってきて見飽《みあ》きることがない。

日本版は発売されていないが、入手も容易なので英語学習もかねて触《ふ》れてみてはいかがだろう。

（編集部）

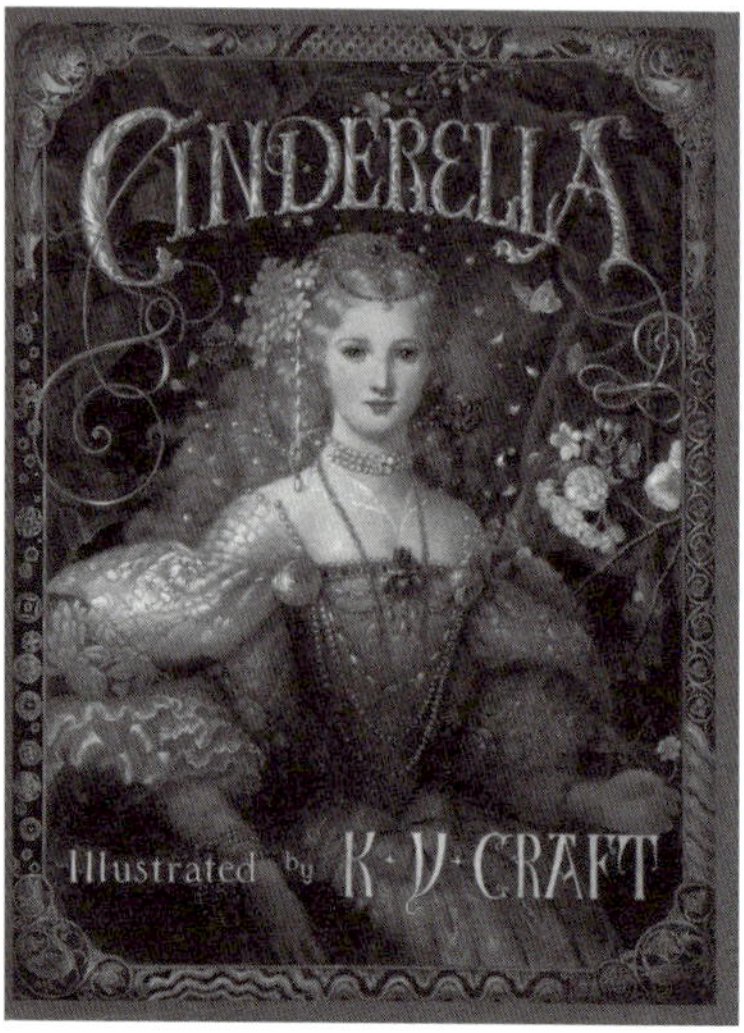

◆主要参考文献

高橋健二訳『グリム童話全集1』（小学館）
吉原高志他訳『初版グリム童話集1』（白水Uブックス）
新倉朗子訳『完訳 ペロー童話集』（岩波文庫）
ブルーノ・ベッテルハイム著、波多野完治他訳『昔話の魔力』（評論社）
ウラジーミル・プロップ著、斎藤君子訳『魔法昔話の起源』（せりか書房）
河合隼雄『昔話と日本人の心』（岩波現代文庫）
アラン・ダンダス編、池上嘉彦 他訳「シンデレラ——9世紀の中国から現代のディズニーまで」（紀伊國屋書店）
マックス・リュティ著、小澤俊夫訳『ヨーロッパの昔話——その形と本質』（岩波文庫）
アンドレ・ヨレス著、高橋由美子訳『メールヒェンの起源——ドイツの伝承民話』（講談社学術文庫）
M・L・フォン・フランツ著、氏原寛訳『おとぎ話における悪』（人文書院）
『シンデレラ・ストーリー展図録』（朝日新聞社）
イーリング・フェッチャー著、丘沢静也訳「だれが、いばら姫を起こしたのか——グリム童話をひっかきまわす」（ちくま文庫）
マーティン・ディリー他著、竹内久美子訳「シンデレラがいじめられるほんとうの理由』（新潮社）
ドミニク・パケ著、石井美樹子監修『美女の歴史——美容術と化粧術の5000年史』（創元社）
ルドミラ・キバロバー他著、丹野郁他訳『絵による服飾百科事典』（岩崎美術社）
アト・ド・フリース著、山下圭一郎主幹『イメージ・シンボル事典』（大修館書店）
ハンス・ビーダーマン著、藤代幸一監訳『図説　世界シンボル事典』（八坂書房）
中野京子『おとなのための「オペラ」入門』（講談社＋α文庫）

Special Thanks（筑波大学附属中学校でご協力いただいたみなさん。敬称略）

阿江伸太朗、伊藤妃奈乃、伊波川彩名、井上善貴、岩田 楽、内山萌乃、大蔦沙羅、小笠原崇文、小野寺絢美、児玉悠花、後藤光正、菅原紗貴子、鈴木詠子、田畑愛葉、辻 莉奈、西 幸祐、中下璃乃、中野弘貴、原田亜美、姫野由衣、福田晃貴、吉田文香（以上、中学 3年生）　小林美礼、細川李花（以上、先生）

[画像提供]

AKG／PPS 通信社…………38、64 ～ 65 ページ

Alamy／PPS 通信社………………20 ～ 21 ページ

Album／PPS 通信社‥24 ～ 25、36 ～ 37 ページ

De Agostini／PPS 通信社………………38 ページ

Mary Evans／PPS 通信社………58 ～ 59 ページ

UIG／PPS 通信社……………………36 ～ 37 ページ

編集協力／髙松完子、福田光一

表紙・本文イラスト／竹田嘉文

授業撮影／丸山 光、川畑里菜

協力／ NHK エデュケーショナル

図書館版制作協力／松尾里央、石川守延（ナイスク）

図書館版表紙デザイン・本文組版／佐々木志帆（ナイスク）

本書は、2017 年 7 月 6 日に東京の筑波大学附属中学校で行われた「中野京子 特別授業」をもとに、加筆を施したうえで構成したものです。「シンデレラ関連作品」のページは編集部で作成しました。編集部で適宜ルビを入れたところがあります。このテーマの放送はありません。

中野京子（なかの・きょうこ）

北海道生まれ。作家・ドイツ文学者。2007年に『怖い絵』で、新たな絵画の見方を提言して注目される。専門はドイツ文学、西洋文化史。著書に『怖い絵』シリーズ、『名画で読み解く』シリーズ、『名画の謎』シリーズ、『「怖い絵」で人間を読む』『印象派で「近代」を読む』『「絶筆」で人間を読む』『美術品でたどるマリー・アントワネットの生涯』など多数。2017年の「怖い絵」展の特別監修を務める。

筆者ブログ「花つむひとの部屋」 http://blog.goo.ne.jp/hanatumi2006

図書館版 NHK100分de名著　読書の学校
中野京子 特別授業『シンデレラ』
2019年2月20日　第1刷発行

著　者　中野京子
　　　　© 2019 Nakano Kyoko
発行者　森永公紀
発行所　NHK出版
　　　　〒150-8081 東京都渋谷区宇田川町41-1
　　　　電話　0570-002-042（編集）
　　　　　　　0570-000-321（注文）
ホームページ　http://www.nhk-book.co.jp
振替　00110-1-49701
印刷・製本　廣済堂

落丁・乱丁本はお取り替えいたします。定価はカバーに表示してあります。
Printed in Japan
ISBN978-4-14-081766-7　C0090